講談社文庫

完パケ！

額賀 澪

講談社

目次

完パケ！

◇◇◇

天から降ってきた雫《しずく》は驚くほど冷たくて、胸の奥がざわついた。

「さっきまで晴れてたのに……」

呟《つぶや》くと、雨がまたぽつりと頰を打つ。

午前中の撮影を終えた直後は巨大な入道雲が天高く積み上がっていた。北国生まれの俺に、東京の夏は果てしなく暑いのだと痛感させた。

あれから一時間もたっていないのに、頭上には鈍色《にびいろ》のどんよりとした雲が広がっていた。

これは、身の内に激しい雨と雷を宿した、不気味な雲だった。

これは、午後の撮影は中止かな。

「来たー！」

背後からそんな叫び声がした。「安原《やすはら》っ！」と名前を呼ばれ、背中を強く叩かれる。

振り返ると、同じ班で実習をしている北川《きたがわ》が、撮影用のビデオカメラに雨よけのカバーを取り付けている最中だった。あっという間に撮影できる状態にして、もう一度俺の背中を叩いてくる。

痛い、と思うのと同時に、北川とは仲良くできそうにないなあ、と思った。

北川とは、生きている世界が違いすぎる。同じ場所にいても、時間の流れが違う。北川の方がずっと速くて、激しい。

「チャンス！　これ撮りたい！」

そう叫んで、北川は休憩所として使っていた東屋《あずまや》から飛び出していく。コンクリートの地面には、ぽつぽつと雨粒の染みができていた。

「ほら、早く来いよ、主演俳優」

監督である北川にそう言われたら、主演である俺は動かないわけにいかない。

「でも、まだみんな帰ってきてない」

ロケ地として使っている公園には今、荷物番をしている監督と主演しかいない。他のスタッフは近くのファミレスに昼食を取りに行ってしまった。

「帰ってくるのを待って、雨がやんじまったら萎《な》えるだろ」

馬鹿か、という顔をして、北川はすでにカメラを回していた。地面を打つ雨音が徐々に大きくなっていく。鮮やかな木々の緑色が眩しかった公園が雨模様に染まっていく様を、カメラに映していた。

「ほら、ここ、立って」

芝の上を指さした北川に言われるがまま、立ち位置につく。演技素人《しろうと》の俺は、監督に言われるがまま動くしかない。

「えーと……、なに、すればいいの」

突然の雨に、突然の撮影。当然、台本なんてない。どんな台詞を言えばいいのか、どんな動きをすればいいのか、何もわからない。

でも、北川はそんな俺を笑い飛ばす。

「別に、何もしなくていいよ」

「はあっ？」

何それ、どういうこと？　そう口を開きかけたとき、北川に言葉を奪われた。こちらの呼吸まで乗っ取るように大きく息を吸って、彼は言い放った。

「安原の撮る映画ってさあ、つまんないんだよ」

頬を打つ雨が、一際冷たくなった。

「安原槙人《まきと》の作品はいつも『夢見る少年』なんだ。いつも綺麗で、優しい人ばかりで。まるでサンタクロースの存在を信じてる子供みたいなんだよ」

瞬《まばた》きを繰り返した。雨なのか汗なのかわからないものが、額から眉を越えて目に入る。

「お前の撮ろうとする映画って、そういうのばっかりでうんざりする」

北川が言い終えないうちに、大きく息を吸った。雨粒と、激しくなっていく雨音と、湿った熱い空気と一緒に吸い込んだ。

「――うるさいっ!」

そんな怒鳴り声を上げたのは、生まれて初めてだったかもしれない。喉《のど》の奥が痺《しび》れて、痛みが走って、血が流れたような気がした。

そこから先は、自分の口が、手足が、自分のものじゃないようだった。

お前に俺の何がわかるんだとか。何を言われたって俺は撮りたいものを撮るんだとか。そういう覚悟を持って東京に来たんだとか。

喉が暴れるがままに、叫んだ。図星だった。北川の言う通りだった。「お前は間違っている」「お前は映画の世界じゃ生きていけない」と、言われた気がした。

体から出てくるものがなくなってやっと、息ができた。肩を上下させ、北川を睨《にら》みつける。カメラを構えたまま、彼の口元が半月状に形を変えるのがわかった。右手がすっと前に差し出され、手刀が空を切る。雨粒が飛ぶ。

「カットっ！」

その声に、俺はまた息を止めた。乱れていた呼吸が静まり、燃え上がっていた頭が雨に打たれて急激に冷えていく。

カメラを下ろした北川は「一発ＯＫ！」とにこやかに笑った。

「やるじゃん、主演俳優」

北川が——こいつが、どういうつもりで俺に喧嘩をふっかけてきたのか、やっと理解する。こいつの口車に自分がまんまと乗っかってしまったことを、思い知る。

「安原、凄くいい顔で怒ってたよ」

大根役者の同級生を主演にして撮る三分間のショートムービーなんて、どうなることかと思ったけど、いいものになりそうだ。

そんな顔を、北川はしている。

「いいねえ、これ。役者の中から滲《にじ》み出てきた魂の叫び！　って感じ。こりゃあ、カンヌ狙えるよ、カンヌ。来年のパルム・ドールはもらったな」

俺をおちょくるようにそう言って、撮れたばかりの映像を北川は嬉しそうに確認する。その顔は、いい絵が撮れたという喜びに満ちあふれていた。

「安原、一緒にカンヌ行こう。僕の親父は仕事で何度か行ってるんだけど、暖かくて海が綺麗で飯も美味くて、景色も最高だって言ってた」

冗談なのか本気なのか俺には判断できない台詞を吐きながら、でも、北川は徐々に真面目な顔になっていく。いい映画を撮るためなら友人を傷つけようと構わないという冷徹な一面を綺麗に隠す。大学の入学式で、「僕の名前ね、北川賢治《けんじ》。よろしく」と握手を求めてきたときと同じ、人当たりのいい大学生の顔になる。

自分のことを「僕」と呼ぶ男は、優しくて争いごとが嫌いで、ちょっと幼いという印象を持っていたけれど、北川は違う。自分に能力があるとわかっていて、それを駆使して全力でこちらにぶつかってくる。

「謝るから、そんな怖い顔するなよ」

勝ち誇ったような顔で笑う北川に、俺は自分の体を見下ろした。俺は今、どんな顔をしているだろうか。さっき思い切り叫んだせいで、体の中の怒りのエネルギーが尽きてしまった。

もしや北川は、そこまで計算して俺を挑発したのだろうか。ああ、なんて奴だ。こんな奴が映画の大学にはいるんだ。東京には、いるんだ。

わかっている。俺はもう戻れない。映画を撮り続けるしかない。

「お詫びにさ、安原の作品の撮影のときは、何でも協力するからさ」

「いや、俺の分の撮影、昨日のうちに終わったし」

「……そうでした」

またへらへらと笑い出した北川に、俺は歩み寄る。

「安原、もしかして、殴ったりします？」

後頭部をかりかりと掻《か》きながら、それでも北川は後退《あとじさ》りをしなかった。

「殴るなら、とりあえずカメラを片付けてからにしていただけませんか？」

駄目？　と北川が俺の顔を覗き込む。北川は俺よりだいぶ背が低い。歳だって、地元の大学を中退して上京した俺と現役入学の北川とでは、二歳の差がある。

なのに、こんなにも北川の存在を大きく感じる。

「約束な」

無性に腹立たしくなって、悔しくなって、北川のTシャツの胸ぐらを摑む。もう殴られることを覚悟したのだろう。北川は歯を食いしばり、頰を強ばらせた。

「次、俺が……映画を撮るときは、何でも協力して」

数メートル先も見えない激しい雨の中、自分の声がすっと北川に届くのがわかった。雨音にかき消されることなく、溶けることなく、北川賢治の耳に入るのが。

肩から力を抜いた北川は、胸ぐらを摑まれたまま再びあの顔になる。何もかも自分の思い通りに動かしてやるという意気込みと策略にあふれた顔に。

「OK。お安いご用だ」

大学に入学して半年もたっていない。映画撮影の経験などほとんど積んでない。なのに、どうしてこんなにも北川を頼もしいと思ってしまうのか。さっきまで仲良くなれなさそうだと、確かに思っていたのに。

いや、でも、わかる。北川は、自分にないものばかりを持っている。俺が持っていないものばかりで、北川という男はできている。

そしてただ一つ、映画監督になりたいという夢だけを共有している。

一、ムサエイの意地ってやつを

◇北川賢治

　僕は雨は嫌いではない。雨が降る中でカメラを回すのは、何か新しい発見がありそうで、心が躍る。

　そんな、プレゼンとは関係ないことを考えながら喋っていた。ときどきノートパソコンのマウスをクリックして、スクリーンに投影されたスライドを操作する。

「『雨降る教室』で重要となるのが、雨のシーンにおける映像美です。メインの登場人物は五人の男女。舞台は都会のど真ん中にある高校。同じ年齢の男女が大勢集まった教室、閉鎖的な学校、コンクリートに囲まれた街。派手なアクションシーンがあるわけでもＣＧを多用するわけでもない。だからこそ、ストーリーの中でたびたび登場する雨を効果的に魅せることで、登場人物達の距離感の変化、心境の変化を描きます」

例えば、と前置きし、投影用のスライド以外に用意していた動画ファイルをクリックし、再生する。

「サンプルとして、二つの雨のシーンを用意しています。一方は二人の登場人物の決裂を、もう一方では和解を描いています。登場人物の心理状態を、雨がよく表しています。『雨降る教室』でもこのような演出を多用し、美しい雨のシーンを繰り返し魅せながら、登場人物を描いていきたいと考えています」

キャンパスで一番大きな階段教室には、教員と学生が数十人集まっている。この教室が満席になったところなんて入学してから一度も見たことがないけれど、それでもこれだけ人が集まればそれなりの威圧感がある。全員が僕を見ていた。事前に紙の資料を配らなかったのは正解だった。手元に資料があると大抵の人は勝手に読み込んでしまい、こっちの話を聞いてくれないから。

その分、見られているという恐怖はもちろんある。講評会の度に「そういう考えなら映画に向いてないよ」とか「そんなものしか作れないなら大学やめちまえ」ときついことばかり言ってくる高島《たかしま》先生が、机に頬杖《ほおづえ》をついてこちらを睨んでいる。細かいところをねちねち追及するのが大好きな溝渕《みぞぶち》先生が、手帳に何やら書き込んでいる。

これが三年前の、大学に入学したばかりの僕だったら震え上がっただろう。教員――プロの映画人を前に自分の演出プランをプレゼンするだなんて。

でも、僕はもう大学四年生である。先生には怒鳴られ慣れたし、食って掛かって喧嘩をしたことだってある。脚本を書き、監督として映画を撮ったこともある。一本だけじゃない。実習や自主制作を含めて、片手では足りないほどの数の映画を撮った。インターンシップへも行った。それなりに場数を踏んだ。

自分がどれくらいものを考えられて、どれくらいの知識と技術があって、どれほどの実行力と度胸と運を持っているのかは、なんとなくわかっている。

だから、自信があった。

「最後に、少々気が早いかもしれませんが、本日のプレゼンのためにパイロットフィルムを制作してきました。どうぞご覧ください」

こちらを見ていた教員や学生の顔が、動く。「へえ」とか「おっ」とか、そんな風に。今日は何人もの学生が自分の脚本と演出プランをプレゼンしているが、恐らくパイロットフィルムを作ってきたのは僕だけだ。

これは、勝った。口元がにやけるのを堪《こら》えながら、スクリーンに手をかざす。

「三十秒程度の短いパイロットフィルムですが、僕の演出プランをわかりやすく表現するために制作しました」

最後の最後の、とっておきの武器。自分の演出プランやプレゼンの内容、話し方やパフォーマンスにももちろん自信はある。でも、駄目押しを入れたかった。勝つなら確実に、絶対に、間違いなく勝ちたい。

動画ファイルのアイコンをクリックし、再生ボタンを押す。

「どうぞ、ご覧ください」

大教室のスピーカーから、雨の音が響く。スクリーンに雨に打たれる木の枝が映し出され、葉の先から雫が落ち、水溜まりに波紋ができては消える。誰もいない広々とした公園には遊具はなく、遊歩道と芝生が広がっているだけ。遠くに見える木々や高層ビルは靄《もや》がかかっている。

雨の中をセーラー服を着た少女がビニール傘をさして歩いている。ポニーテールの毛先が、雨に濡れて少しだけ湿っている。

少女が振り返る。

スピーカーからピアノの音が響く。少女は観客から顔を背《そむ》け、また歩いて行く。その背中を見送るように、作品のタイトルが浮かび上がる。

『雨降る教室』

僕が、大学四年間の集大成としてメガホンを取りたいと思う作品。

北川賢治が今、心から勝ち取りたいもの。

カップ式の自販機でコーヒーを買い、ラウンジの丸テーブルへ移動した。

校舎一階のラウンジには何人か学生がいた。知った顔ばかりだが、あえて近寄らずに空いている席に腰掛ける。

今日は、僕が通う武蔵《むさし》映像大学の卒業制作に関わる重要なプレゼンテーション大会が行われている。僕は一番手だったからすでに出番を終えたが、ラウンジにいるのはみんな今からプレゼンを迎える連中ばかりだ。終わった奴に話しかけられるのは、あまりいい気分じゃないだろう。

テーブルに頬杖を突いて窓の外を眺めながら、コーヒーを一口飲む。熱くて苦いコーヒーが喉を通過すると、ふう、と重い吐息がこぼれた。やっと人心地ついた。

武蔵映像大学――通称・ムサエイは、その名の通り映像学部のみの単科大学だ。理論、監督、撮影・照明、録音、編集とコースが分かれているが、理論系のコース以外は四年間ひたすら映画や映像について実習を中心に学ぶ。その集大成が卒業制作だ。

まず、卒業制作の授業を履修する学生を、希望に合わせてフィクションとドキュメンタリーの二部門に分ける。僕は迷うことなく、フィクション部門を希望した。

フィクション部門では、監督を希望する学生が脚本を執筆し、教員の審査を受ける。それをクリアしたら学生も交えてプレゼン形式で審査。教員と学生による投票で、実際に制作する作品と監督を決定する。

大教室では今まさに、そのプレゼンテーションが行われている。

我こそはと手を挙げたのは、僕を含めて八人。全員が監督コースの学生だった。選ばれる脚本は一つ。監督ももちろん一人。一つの映画を、みんなで作る。

「——あ」

窓ガラスに、とある人物の姿が映り込んだ。エントランスの方からいつも通りマイペースな……ゆったりし過ぎなくらいのんびりと歩いて来て、ラウンジの前を横切っていく。

安原だ。

安原槙人は、両手に激安ファッションブランドの紙袋を抱え、愛用のリュックを背負っていた。俯きがちに、床に視線を落としながら歩くのが、いつものあいつだ。

「安原っ！」

声をかけ、手を振る。足を止めた安原は、僕を見た。

「緊張すんなよー」

からかうように笑うと、両手の塞《ふさ》がった安原は「頑張る」と低い声で頷《うなず》いて、そのまま大教室へと歩いて行く。

その重そうな紙袋の中身は、プレゼンの資料か。ちょっと多すぎやしないか。プレゼンの最中は、聞く側に資料でなく話している自分を見てもらわないといけない。資料は少なすぎるくらいでいい。じゃないと誰もお前の話を聞いてくれないぞ。

安原に若干苛立《いらだ》ちつつ、アドバイスをしたくなった。でも、コーヒーを喉に流し込んで我慢する。プレゼン前にぐちゃぐちゃ言われるのは、さすがの安原も嫌だろう。

安原とは入学してからずっと付き合いがあるが、今日のあいつはライバルだ。安原も卒業制作の監督を目指して脚本を提出し、これからプレゼンに臨む。

念のために鞄に入れておいた『雨降る教室』の脚本を取り出して、捲《めく》った。映像作品になれば一時間に満たないくらいの短い脚本だけど、ここには僕の大学生活がすべて詰まっている。

いい出来だと自分でも思う。タイトルをしばらく眺めてから、冒頭から改めて読んでいく。すでに頭の中には、映像になった『雨降る教室』が鮮明にイメージできている。GOサインさえもらえれば、いつでも撮影できる。

冒頭からラストまで一通り脚本を読み終えたときだった。

「北川、お疲れ」

そんな声が、頭上から降ってきた。

「お疲れ」

撮影・照明コースの四年生、原田佐緒里《はらださおり》だった。ジャージのような素材のパーカーにジーンズ、色あせたスニーカー。キャンプにでも行くのかというごつい形のリュックサック。いつ撮影が始まってもカメラを担ぐよ、なんて声が全身から聞こえてくる。

「もう終わったの？　安原のプレゼン」

原田はカメラマン志望だから、同じ卒業制作の授業を履修していても脚本を書きはしない。今日は監督志望の学生のプレゼンを聞き、投票する側に回っている。

自販機で冷たい抹茶ラテを買うと、彼女は僕の向かいに腰掛けた。

「今、質疑応答。長くなりそうだから抜け出してきた」

「マジか」

「安原、プレゼン下手だから。先生達にいろいろ突っ込まれてる」

見ていられないから。いや、見ていて苛々するから、さっさと退室してきた。抹茶ラテのカップに口をつける原田の顔には、そんな本音が書いてある。その通りの惨事になっているのだろうなと思うと、苦笑が込み上げてきた。今日の奴はライバルだけど、それでもちょっと可哀想だった。

「まあ、私は始まる前から予想してたけどさ」

僕の手元にあった『雨降る教室』の脚本を引き寄せ、原田はぺらぺらと捲る。

「原田はどう思った？　僕の脚本」

「雨のシーンが多くて、撮影しんどそうだなって思った」

「それな」

カメラマンらしい発想だ。

「北川はさ、安原がどんな脚本書いてたか知ってたの？」

「ぜーんぜん」

「見せ合ったりとか、してないんだ」

「コンペだしな」

実習で撮影する脚本だったら、相手がどんなものを書いているのか、自分が書いたものを相手がどう思うか、確認し合ったかもしれない。今までずっと、そうしてきた。

だから、本当に偶然だったのだ。

「僕も安原も、たまたま雨の物語を書いただけだよ」

僕が書いた脚本は『雨降る教室』。先日、コンペ参加者の提出した脚本が配付されたが、安原の書いた脚本は、『終わりのレイン』というタイトルだった。

「へえ、私はてっきり、二人で『雨の映画で勝負しようぜ』なんて馬鹿なこと言って、同じモチーフで書いたのかと思った」

「卒制のコンペでそんなことすると思う？」

本当にたまたま、僕も安原も雨のシーンを多用した作品を作りたいと思った。これが卒制のコンペでなければ「気が合うな」と笑い合えたが、僕も安原も、このことには一切触れていない。互いに触れるのを遠慮し合っているような奇妙な距離感が、この数週間、ずっと僕達の間にはあった。

「私ね、似たような題材で戦うと、二人とも落とされる可能性もあるかなって最初は思ったんだけど……北川のプレゼンが一番盛り上がってたからなぁ」

「そう言っていただけるなら、パイロットフィルムまで作った甲斐がありましたね」

「先生達も驚いてたし。雨の日を狙って撮ったわけでしょ？　あの女優は？」

「うちの妹」

うっそぉ。口に手をやって、原田は目を丸くした。普段は物静かな原田がそうするとは、余程意外だったみたいだ。

「北川、妹いたの？」

「いるいる。二歳年下。土下座し倒して、雨の日に連れ出して撮影したの」

一日で撮り終えることができたものの、妹の乃々香《ののか》は三時間以上雨の中をうろうろする羽目になり、翌日風邪を引いた。プレゼンが終わったら、お詫びにスイーツビュッフェを奢《おご》ることになっている。

「北川の脚本、いい映画になると思うよ」

プレゼン聞いてて、そう思った。控えめにそう続けた原田は、何故かほんの少し表情を曇らせた。そして口をへの字にして、僕をちらりと見てくる。

「完成したら映画祭に応募してさ、ガツンとムサエイの意地を見せてやろうよ」

ムサエイの意地。意地を見せろ。同じようなことを、今日のプレゼン大会の冒頭で言った教員がいた。

「原田も気にしてるわけ？　あの噂」

「噂っていうか、ほぼ事実じゃん」

半笑いでそう返した原田に、それもそうかと思った。

およそ一ヵ月前。五月の連休が明けて少したった頃、武蔵映像大学が経営難のために近々閉校になるという噂が出回った。学内だけでなく、ネットでも大々的に。経営難の私立大学が増えているというニュースの中で、武蔵映像大学が例として取り上げられたせいだ。

「ムサエイが十年近く定員割れを起こしている」のは事実。「ここ数年は入学者が定員の半分以下の状態が続いている」のも事実。

「十年以内に潰《つぶ》れる可能性が高い」かは、わからない。

ただ、教鞭を執る人間が「意地を見せろ」なんて言うということは、ただの噂話ということではないかもしれない。

「事実でも、ネットとかで好き勝手に書かれてるのは腹が立つじゃん」

苛立たしげに唸《うな》る原田に、笑いを噛み殺した。僕もムサエイが好きだけど、それにしても原田は愛校心が強い。それだけムサエイに入りたいと思って高校時代を過ごし、入学後も全力で授業に取り組んできたということなのだろうけれど。

「そんなの見なきゃいいじゃん。どうせ酷いように書かれてるんだからさ」

映画や映像業界に多く人材を輩出している大学とはいえ、ムサエイは規模の大きな大学ではない。卒業生の数だって名のあるマンモス大学に比べたら雀の涙だ。正直言って偏差値だってあまり高くない。世間から見れば非常に叩きやすい大学なのだから、わざわざ自分から傷つきに行くこともないのに。

「見たくないけど、目に入ってくるの。あと、実家から親が『あんたの大学が潰れるって言われてる』とか『そんな酷い大学に行ってるだなんてご近所さんに言えない』とか、いちいち連絡してくるんだもん。逆に北川の家はそういうのないわけ？　実家住みなんだしさ」

「うちの親、子供の行ってる大学が潰れようと気にしない脳天気な人だから」

親父に至っては、「人が少なけりゃ、機材が使い放題だな」と高笑いしていた。

「僕等がどう足掻《あが》いたって、大学の経営はどうにもならないんだから」

入学する学生の数が少ないと、授業料が集まらない。授業料という収入が減れば、私立大学は当然潰れる。そもそも少子化で子供の数が減っているのだから、競争を勝ち残れず潰れる大学が出てくるのは当然だ。

「映画とか映像の業界に行こうなんて人、いないんだよね、きっと」

テーブルに両腕をついた原田が、ぼそりとそんなことを言う。

「だってさあ原田、ムサエイを卒業して、毎月給料が出て、福利厚生があってっていう業界には行けないだろ。このご時世に、わざわざそんな不安定なところに行こうと思う物好きは、そういないよ」

　本当に映画が好きで、映画が作りたいって奴の数なんて、たかが知れている。僕だって大学を卒業したら、世話になった教員の紹介で映画制作の現場に入る。社員でもなければ固定給もなく、その現場が終われば別の現場へと渡り歩いていく。毎月収入があるとも限らない。原田だってそれは同じだ。

「別に、自分で望んで映画業界に行くんだから、私はそれに対して何も不満はない。ていうか、大満足。なのに外野から『まともに就職できない』とか『現実を見てない学生と教員ばっかり』なんて言われたら、そういう奴ら一人ずつ殴って回りたいって思うじゃん」

　僕も、腹が立たないわけじゃない。自分や慕《した》っている教員や、一緒に映画を作ってきた同級生を侮辱されたら、人並みに憤りを覚える。求める将来や理想とする世界が違うのだから、理解できないものがあって当然なのだ。理解できないから拒絶したり、攻撃したいと人間は思ってしまうのだと、これまで観た映画の中で散々教えられた。だから極力、そういった情報は自分から取りに行かないようにしている。

　まあまあ、そんなに怒るなよ。そう原田のことを宥《なだ》めようと思ったとき、彼女がちらりと廊下の方を見やって、「あっ」という形に口を開いた。

「安原だ」

来たときと同じように両手に紙袋を抱えた安原が、大教室からゆっくりと歩いてきた。ラウンジには立ち寄らず、そのままエントランスの方へ行ってしまう。

「おーい、安原！」

名前を呼ぶと、立ち止まった安原がこちらに近づいて来た。疲れた顔で「お疲れ」とこぼした安原は空いていた椅子に腰を下ろし、荷物をすべて床に置いた。テーブルの天板に崩れ落ちるように顔を伏せる。

「なに？　そんなぼろぼろになるくらい白熱したわけ？」

テーブルに額を押しつけたまま、安原は頷く。

「どうせまた、先生達が突っ込みたくなるような受け答えばっかしたんだろ」

教授陣が揚げ足を取りやすいような、隙《すき》のあることばかりを。その場面を想像して、呆れる。安原には悪いと思いつつ、敵が一人減ったことを喜ぶ。

「あと、プレゼンの資料、多過ぎだし」

「そう……かなぁ」

顔を上げた安原は、腕を組んで「うーん」と考え込んだ。

「だって、話すの苦手だし。紙に書いておいた方が、ちゃんと伝わるかなと思って」

「プレゼンなら喋りで伝えろよ。紙で読ませちゃプレゼンの意味ないだろ」

「そっかぁ……そこかぁ」

これが卒制のためのプレゼンでなかったら、僕は安原のプレゼンを手伝っただろう。練習にも付き合った。この三年間、実習作品の完成発表の度に、そうしてきた。でも、今回ばかりはできなかった。

「喉、渇いた」

安原がポケットの小銭をまさぐりながら自販機の前に立つ。いつもより一層猫背になったその後ろ姿からは、達成感や充実感は微塵《みじん》も感じられなかった。

「来週には監督が発表されて、すぐに卒制スタートなんだね」

抹茶ラテのカップを覗き込みながら、原田はどこか神妙な顔をする。

「あっという間に卒業式なんだろうな」

コンペの結果、制作される脚本と監督が決まったら、スタッフが集められてチームが作られる。脚本の修正やロケハンなど、撮影に必要な準備に二ヵ月。撮影におよそ一ヵ月。編集や、来年二月に映画館で上映するための準備に三ヵ月。ムサエイでの四年間を締めくくる卒業制作が、もうすぐスタートする。

来年の今頃、僕はもう映画制作の現場にいる。映画監督になるという夢を叶えるための下積みが始まる。

もしかしたら来年、ムサエイは学生募集を停止するかもしれない。大学そのものの歴史を閉じる準備に入るかもしれない。たとえそうだとしても、僕は映画の世界でのし上がってみせる。

「うわっ、間違えたっ」

目的の飲み物とは違うボタンを押してしまったらしく、安原が慌てた様子で自販機のカップが出てくる口を覗き込む。がっくりと肩を落として、飲めもしないブラックコーヒーの入ったカップを持って戻ってきた。

＊　＊　＊

「お兄ちゃん、食べないともったいないよ?」

取り皿をケーキやフルーツで山盛りにした妹は、ミルクのたっぷり入ったカフェオレと共に満面の笑みで席に着いた。僕の取り皿にメロンが一切れのっているだけなのを見て、こちらを哀れむような目をする。

「よくもまあ、こんな糖分の塊みたいなのが次から次へと入るな」

「これのために今日の朝と昼、食べなかったんだから」

ふふん、と笑って乃々香は取ってきたケーキをぱくぱくと食べ始めた。

『雨降る教室』のパイロットフィルムに出演してもらった礼は、スイーツビュッフェで払う。その約束を果たすべく、大学二年の妹、乃々香の授業のない平日を狙って、あらかじめ指定された人気店に足を運んだのだ。

「うわあ、このタルト、噂通り美味しいっ」

女優を一日拘束すると思えば、スイーツビュッフェなど安いものだ。あのパイロットフィルムは好評だったし、作った甲斐があった。大学生の財布には、ちょっと痛い出費だったけれど。

「お兄ちゃんってさ、映画撮るの上手だよね」

今度はチーズケーキにかぶりつきながら、乃々香が言う。「映画撮るの上手」とは、変な言葉だ。

企画を立てる。脚本を書く。構成を考える。お金を集める。スタッフを集める。演技をする。現場を回す。カメラを回す。音を録《と》る。スケジュールを管理する。編集する。CGを作る。音楽をつける。全部、「映画を撮る」だ。何をもって「映画を撮るのが上手」となるのだろう。

「私さ、自分のことそこそこ可愛いって思ってるけど」

「自分で言っちゃうの？　それ」

確かに、乃々香は兄の僕から見ても可愛い部類に入る。高校生の頃から服や化粧や髪型や体形に気を使っているし、ムサエイの衣装倉庫から拝借してきたセーラー服を片手に「これを着てください」と頭を下げた兄に、「セーラー服着てみたかったんだよね」とOKを出してくれる妹だ。

「うわ、自分、めっちゃ可愛いじゃんって思ったもんね、あの短い映像で。婚活するときはお兄ちゃんに撮ってもらおうかな。お見合い写真ならぬ、婚活ムービー」

はいはい、と適当に受け流して、そこからは甘いものをちまちまと食べながら乃々香のキャンパスライフや彼氏の愚痴《ぐち》を聞かされた。

「天気予報と睨めっこして、いい雨が降る日を狙って撮ったんだから、監督できるといいね」

愚痴を吐き出してすっきりしたのか、そんな、兄想いの妹らしいことまで言い出す。

「大丈夫だよ」

自信はある。自信を持つだけの準備や対策もした。熱意もプレゼンで伝わったはずだ。僕が一番、卒業制作の監督をしたいと思っている。

安原の顔が脳裏を過《よ》ぎった。伏し目がちに大学の廊下を歩く、あいつの横顔が。

「パパ達は何も言わないだろうけど、やっぱり卒制でお兄ちゃんが監督をやったら嬉しいと思うんだよね」

僕達の両親は、わかりやすい。大学までは金を出すから、卒業後は社会と親に迷惑をかけなければ何をしてもいい、という方針だ。僕に対して「堅実な仕事をしろ」とか、乃々香に対して「早く結婚しろ」とか、そんなことを言うつもりはないらしい。長男が「映画監督になりたい」とムサエイに行くことも許してくれた。

親との軋轢《あつれき》に悩む学生は多いから、僕は恵まれている。奨学金も借りずに済んだし、実家も都内だから下宿の必要もなかった。撮影に協力的な可愛い妹もいる。

母子家庭で育って、母を一人東北の田舎に置いて上京し、アルバイトをかけもちして貧乏暮らしをしながら映画を撮る安原に比べたら、ずっと。

先程頭の隅を横切っていった安原の存在が、何故か大きく膨れていた。どうして安原のことを今考えるのか。恵まれた環境にいる奴がいい作品を撮れるわけじゃない。でも、恵まれてないからいい映画が撮れる、というわけでもない。

だから、どうして、安原と自分を比べるんだ。

顔を顰《しか》め、席を立った。ビュッフェコーナーへ行き、適当に目についたものを取り皿にのせる。二時間の制限時間が終わる頃には、さすがに満腹になっていた。胃の入り口に、生クリームがべったりまとわりついている。

店を出て、新宿で買い物して帰るという乃々香とは別れた。新宿駅から私鉄に乗り込み、二十分ほどかけて大学まで行った。最寄り駅から徒歩十五分。季節は梅雨真っ直中だが、薄曇りの空から雨はまだ降ってこない。

乃々香に言ったら囃《はや》し立てられそうだから教えなかったが、今日の午後二時、卒業制作の監督が発表される。場所はムサエイの校舎のエントランスだ。

駅と大学の間にあるコーヒーショップでアイスコーヒーを買って校舎に入ると、エントランスにはすでに人が集まっていた。監督を志望した学生、誰が監督になるのか気になって見に来た学生、合わせて二十人ほど。

その中に安原の姿を見つけて、一瞬迷った末に声をかけた。

「そろそろだな」

腕時計を確認した安原が、「そうだね」と小さく頷く。

氷がぎっしり詰まったコーヒーのストローを唇に寄せ、エントランスの目の前にある階段を見つめた。二階に上がってすぐのところに会議室がある。恐らくそこで監督に決定した人間を関係者全員で確認してから、ここに下りてくるはずだ。

「北川は、自信、ある？」

突然、安原がそんなことを聞いてきた。

「ないなら、そもそもコンペに参加しない」

北川賢治が考え得る最高の脚本を書いた。そして最高の演出プランを、できる限りの下準備とパフォーマンスを通して伝えた。

「安原はどうなの」

僕の問いに、安原はうーんと唸る。

「わかんない」

「なんだよ、わかんないって」

僕が笑い交じりにそう返したとき、階段の上から足音が聞こえてきた。エントランスのざわめきを、あっという間に制圧してしまう。

階段を下りてきた審査員達は、集まった学生を見回した。

「それでは、今年の卒業制作で撮る作品と、その監督を発表する」

――と、その前に。

周囲の熱気を断ち切るようにして、教員の一人が前に歩み出た。僕と安原が入学当初から世話になっている高島先生だ。灰色がかった口ひげを撫《な》でつけながら、げほん、げほんと特徴的な咳払《せきばら》いをする。

今か今かと監督の発表を待っていた学生達から一斉に「えー……」と声が上がったけれど、次の言葉に全員が口をつぐんだ。

「ムサエイが潰れる、なんて噂がどうも先月くらいから、ちらほらと出ている」

酒焼けしたがらがらの声で、先生は言った。

「確かに、ここ数年は入学者が集まっていない。同時にそれは、映画業界へ進む人材の不足も意味している。これはムサエイだけじゃなく、業界全体の抱える問題だ」

高島先生の話に被《かぶ》せるように、僕の背後からは忍び笑いが響いてきた。

「いやいやいや、他の映像系の大学に学生を取られてるだけじゃん」

「ムサエイが業界を支えてるって自信満々なんだな」

高島先生には聞こえないよう、誰かがそう言い合っている。さり気なく背後を振り返り、彼らの顔を見て納得する。入学当初から、「本当は他の大学に行きたかった」「ムサエイに来るはずじゃなかった」とぐちぐち言っている連中だ。そういう奴は大抵退学していくのだけれど、何かの間違いで四年生になってしまうと、何にでも文句を垂れるくせに自分では何も作れない学生ができあがる。

「ああいう連中が卒制を作るようになるんだから、そりゃあ潰れるだなんて言われるよな」

ぼそりと呟くと、隣にいた安原が「へ？」と目を丸くした。

「安原、聞こえなかったの？」

「何が？」

あまりにきょとんとした顔で聞くから、わざわざ説明する気も失せてしまった。

「いや、なんでもない」

ムサエイの行く末なんて、安原が気にかけるわけがない。

「苦しいのはムサエイだけじゃない。日本の映像業界全体が、苦境に立たされている」

高島先生の熱い演説は続く。

「それじゃあこの状況を、どう打破すべきか」

一拍間を置いて、高島先生は右手をすっと前に差し出した。人差し指で、人混みの中にいた僕を、指さす。

「北川、お前はどう思う」

自分のところのゼミ生だと思って、こんなときに指名するなよ。僕は苦笑いをしながら肩を竦《すく》めた。

「結局、僕等はいい映画を撮り続けるしかないと思います」

当たり障りのない答えだ。でも結局、それ以外ない。作り手は、作品を作ることで自分の未来を切り開いていくしかないんだから。

「まあ、要するにそういうことだ！」

ぐははっ！　と吐き捨てるように笑って、先生は学生達を見回す。

「潰れかけだろうと経営難だろうと、お前達がいい映画を撮れば、それでいいんだ。むしろ、世間からそうやって後ろ指を指される今こそ、歯を食いしばって映画を撮れ。ムサエイの意地ってもんを、お前らを馬鹿にする世間に、存分に見せてやれ」

エントランスは、高島先生の荒々しい言葉にしんと静まりかえっていた。「おー！」とか「やってやるぞー！」なんて言葉も出ない。多くの学生が、先生の言葉を嚙み締めて、体の奥底に染み込ませようとしていた。

背後でまだ何か言っている連中がいるが、その言葉はもう、僕の耳に入らなかった。

「――では、本題に入る」

高島先生がポケットから一枚のメモを取り出し、視線を落とす。

「まず、ドキュメンタリー部門から」

ドキュメンタリーを希望した学生は、監督をやりたい学生が企画を提出し、それをプレゼンする形でコンペを実施する。

「『鉄の花─離島の職人魂─』、長谷部《はせべ》貴幸《たかゆき》」

途端に「おっしゃー！」と近くで長谷部が野太い声を上げる。二年のときに同じ班で実習をしてから仲がいいので、おめでとうと手を振った。確か、刀鍛冶《かたなかじ》を目指す若者を追うドキュメンタリーだとコンペ後に小耳に挟んだ。

長谷部がこちらに手を振り返すより先に、「じゃあ次」という声に咳払いが続いた。

「フィクション部門──」

隣で、安原がすっと両手を自分の胸の前に持っていった。指を絡ませ、自分の胸に埋めるように、ぎゅうっと握り込む。目を固くつぶる。

まるで、神様に祈るみたいに。

「『終わりのレイン』、安原槙人」

誰かがこちらを振り返った。僕ではなく、安原の方を。

「おめでとう、安原」と誰かが言う。その言葉に、安原が目を開けた。審査員を見つめ、口を真一文字に結ぶ。まだ、その両手は解かれない。誰からの祝福にも応えない。

誰かが溜め息をついた気がした。その方向を見やると、原田がいた。

原田は、何か言いたそうに口を開きかけたものの、すぐに閉ざしてしまった。そして、慰めなのか哀れみなのか同情なのか、はっきりしない表情を僕に向ける。

「北川」

安原が僕を呼ぶ。安原はすでに神には祈っておらず、こちらを真っ直ぐ見ていた。これから始まる卒制の意気込みを語り合う人の渦《うず》の中で、その波に飲まれることを頑《かたく》なに拒絶するかのように、両手両足に力を込めていた。

「『終わりのレイン』、なんだけど」

聞き慣れた安原の声が、自分の中を通り抜けていく。

「プロデューサー、やってくれないかな」

監督の座を賭けた勝負に勝った安原は、そう言って頭を下げてきた。

切実な顔で、打ち負かしたはずの僕に深々と、頭を下げた。

◇安原槙人

自分の名前を冠した組が誕生し、映画を撮るだなんて、不思議な気分だった。

「えーと……」

居酒屋の一角。テーブル三つに押し込められるように座った同級生——安原組のスタッフとして集まった学生達が、全員、こちらを見ている。キンキンに冷えたビールジョッキを握り締め、誰にも気づかれないように咳払いをした。おかしいな、ここに来るまでにちゃんと挨拶の言葉を考えておいたのに、どこかに行ってしまった。

「皆さん、完パケまでよろしくお願いします」

深々と頭を下げたら、グラスやジョッキを手に乾杯を待っていたスタッフ達が、拍子抜けしたようにそれらをテーブルに置く。戸惑い交じりの拍手が送られてきた。

「いや、そこは乾杯だろ」

北川が、俺の代わりに声を張り上げる。

「歴代の卒制の中で一番だって言ってもらえるように、頑張っていこーう!」

「かんぱーいっ!」と北川がビールジョッキを高く掲げ、周囲がそれに続く。俺も近くにいた学生と乾杯し、最後に隣に座る北川のジョッキに控えめにこつんと自分のジョッキをぶつけた。

「ホント、相変わらず」

苦笑いしながらジョッキに口をつける北川に、「ごめん」と小さく肩を落とした。

「よくわかんないんだよね、飲み会のノリって」

しかも、自分が乾杯の音頭を取るような立場になるなんて、初めてだ。

ビールを半分ほど一気に飲んで、改めて居酒屋に集まった面々を見回す。卒業制作のタイトルが決定してすぐにスタッフ集めが始まり、あっという間に安原組が結成された。本来なら俺が采配を振るべきなのに、俺が監督に指名されて呆然としている間に、北川が風のような早さでスタッフを集めてしまった。

ズボンのポケットに畳んで入れておいたスタッフ一覧を、テーブルの下で広げた。

『終わりのレイン』安原組
■監督・脚本　安原槙人
■プロデューサー　北川賢治
■チーフ助監督　篠岡勇子《しのおかゆうこ》

■セカンド助監督　橋本健太《はしもとけんた》
■サード助監督　木脇《きわき》和泉《いずみ》
■スクリプター　羽賀《はが》玉美《たまみ》
■撮影　原田佐緒里
■照明　箕島《みのしま》純平《じゅんぺい》
■録音　坂井《さかい》マリ
■編集　水森《みずもり》護《まもる》

リストにはこの他に撮影助手、照明助手、録音助手、編集助手の名前が数人ずつ並んでいる。その全員が今、ここに集まっている。数えてみたら全部で十八人いた。七十人弱しかいない四年生のうちの、十八人。

四年も一緒に授業を受け、実習を行い、インターンシップへ行っていたら、「できる学生」「センスのある学生」「行動力のある学生」というのがわかってくる。というか、そういう学生が自然と大学の中で存在感を持つようになる。

安原組にいるのは、そんな存在感のある学生ばかりだった。スタッフの名前を眺めながら、隣に座る北川に視線をやる。周囲と楽しげに話をしながら、あっという間にジョッキを空にしていた。

プロデューサーを頼んだ北川賢治とは、大学入学直後に実習の班が一緒になって親しくなった。一年生の頃から目立つ存在だった。実習では誰よりも先に機材の使い方をマスターし、積極的に現場を動き回って。そのぶん先生に怒鳴られることも多かったけれど、教員相手に「それはおかしい」と食って掛かる場面だってあった。多分、四年生の中で一番顔が広い。北川と話したことがない学生なんて、きっといない。

卒業制作はフィクション部門の『終わりのレイン』と、ドキュメンタリー部門の『鉄の花―離島の職人魂―』の二本が制作される。スタッフ集めは当然、優秀な学生は早い者勝ちだ。なのに、安原組には一番人気が揃いも揃って集まっている。

これは完全に、プロデューサーである北川の功績だ。俺にこのメンバーが集められるわけがない。でも、北川はできる。容易《たやす》くやってのける。それが素直に羨《うらや》ましい。

注文した料理が次々と運ばれてきて、いよいよ決起集会は盛り上がってきた。でも、こういう空気はやっぱり得意じゃない。人の話を聞いているのは楽しいけれど、いざ話すとなると上手く自分のリズムで言いたいことが言えない。段々話すのが億劫《おっくう》になって、目の前に置かれた枝豆をちびちびと口に運んで聞き役に徹した。

途中で一度トイレに立ち、テーブルに戻ろうとしたときだった。ズボンの尻ポケットに入れていたスマートフォンが鳴り、短く震えた。電話だった。

「……げっ」

画面に表示された相手の名前を見て、思わずこぼしていた。このまま切れてくれないかと思ったが、その気配はない。

二宮《にのみや》の叔母さん。表示されたその名前に、溜め息をつく。仕方なく応答ボタンを押して「はい、槙人です」とスマホを耳に持っていった。

『今日、姉さんのところに行ってきたけど』

何の挨拶もなく、二宮の叔母さんは話し始める。この人はいつもそうだ。「ひさしぶり」とか「大学どう？」なんて言葉はかけてくれない。

自分が親戚から温かく扱ってもらえる存在ではないことも、重々承知している。

母さんの様子を伝えた二宮の叔母さんは、一際冷たく険しい声で俺を呼んだ。

『あんた、次はいつ帰ってくるの』

「……お盆、には、帰ろうと思います」

言い終えないうちに、電話の向こうからわざとらしい溜め息が聞こえてきた。

『そんなこと言って、春休みも帰って来なかったでしょ』

確かに、そうだ。正月に実家に帰って、二宮の叔母さんに「次はいつ帰ってくるの」と聞かれて「春休みには」と答えた。でも『終わりのレイン』の脚本を書き始めたら、帰るタイミングを逃してしまった。

「すみません。ちょっと、大学が忙しくて」

『いつもそうやって大学を言い訳に帰って来ないで。ちょっとは自分のお母さんに優しくしようとか考えないわけ？　二十四にもなって。あんたの同級生はみーんな、とっくに就職して、ちゃーんと独立してるんだからね』

嫌みったらしい言い方だった。電話だけれど、二宮の叔母さんがどんな顔をしているかわかる。母さんによく似た垂れ目と丸い鼻をしているのに、性格は正反対。いつも険しい顔をして、こちらをじりじり追い詰めるような話し方をする。俺が上京し、ムサエイに入学してからは、特に。

俺が地元の国立大学を中退してムサエイに入り直したことを、許してない。

「なるべく、早く帰れるように、頑張ります」

『姉さん、あんたの顔が見たいって言ってた』

居酒屋の中とはいえ、トイレの前の廊下は静かだった。よかった。これで飲み会の賑やかな声が聞こえようものなら、二宮の叔母さんの嫌味は止まらなかっただろう。

『なんか薬が合わなくて、ここのところげーげー吐いてるから』

洗面器に顔を伏せる母さんの背中が思い浮かんで、堪《たま》らず胸に手をやる。シャツをぎゅうっと握り締めても、その奥のざらざらとした痛みは消えない。

「すみません」

『申し訳ないって思うなら顔を見せなさい』

わかった？　全くもういい歳して……ぶつぶつと文句を言いながら、叔母さんは電話を切った。スマホをポケットに押し込み、壁に背中を預け、大きく息を吐き出す。

こちらに近づいてくる足音が聞こえた。

北川だった。こちらの顔を見た途端、わずかに表情を曇らせる。

「……どうした？　安原、気分でも悪いの」

「ちょっと、親戚から、電話が来てたから」

「ああ、そっか」

それだけ言って、北川は男子トイレのドアを開ける。ぴしゃりと閉ざされた戸が開くのを、無性にここで待ちたい気持ちに駆られた。

卒制のコンペで『終わりのレイン』が採用され、俺が監督になった日。すぐに北川にプロデューサーを依頼した。頭を下げてから、これで北川に断られたらどうしようと思った。スタッフ集めが自分にできるかなんてコンペ中は全然考えてなかった。

でも、北川は驚くほど素早く、あっさりと、清々《すがすが》しいまでに軽快な声で「おう、いいよ」と頷いた。そこからの北川の活躍は、今こうして決起集会で実を結んでいる。

ただこの間、北川とは事務的な会話しかしていないのだと、改めて痛感した。顔を合わせれば卒制の話ばかりで、友人らしい会話など何一つしていない。

些細なことだ。卒制が始まったんだから、しょうがないことだ。なのに、喉にとてつもなく大きな魚の骨が引っかかってしまったような息苦しさを感じる。北川と顔を合わせる度、言葉を交わす度に、感じる。友達と仲違いしてしまったみたいだと。

トイレから水を流す音が聞こえて、少ししてドアが開いた。まだそこにいた俺に、北川は目を丸くした。

「どうした？　マジで気分悪いんじゃないの？」

何故だろう。北川の顔を見ると、途端に何も言えなくなってしまう。

「入る？」

トイレを指さした北川に「大丈夫」と断り、一緒にテーブル席へ向かう。みんなのグラスの飲み物が替わっていた。枝豆や唐揚げの皿も、ほとんど空になっている。

「ねえ、安原は観た？　『灰の森』」

向かいに座る撮影監督の原田佐緒里に聞かれた。どうやら、先日新宿のミニシアターで上映が始まった『灰の森』という、新進気鋭の映画監督が撮った短編作品の話題で盛り上がっていたらしい。

「ああ、観たよ。救いがなくて、ラスト、吐きそうだった」

素直な感想を口にすると、原田も他のみんなも「だよね」と手を叩いて笑った。『灰の森』というタイトルから予想はしていたのだが、あらゆる登場人物にとって最悪の結末で物語が終わるという、俺が最も苦手とするタイプの作品だった。

映画の話をしていると、堪らなく安心する。バイトの話だとか、友達や家族の愚痴だとか、そういった話題より、映画の話の方がずっと落ち着く。ああ、自分の中にある世界だ、と安堵できる。自分が呼吸できる世界だ、とさえ思う。

「マジで？　そんなヤバいなら今度観に行こうかな」

隣に座る北川も話に入ってきた。

「早く行った方がいいよ。多分もうすぐ終わっちゃうから」

原田に言われ、早速北川はスマホで『灰の森』を検索し出した。

覚悟して観に行った方がいいよ。多分北川がいろいろ意見を言いたくなるタイプの映画だから。そう軽口を叩こうとして、また喉に引っかかった魚の骨を意識する。

温《ぬる》くなったビールを飲みかけて、やっと気づいた。

どうして、北川と話をするのがこんなに怖いのだろう。

＊＊＊

大量の粉ミルクを倉庫から出し、棚に並べる。それをひたすら繰り返していたら、レジから「十番お願いしまーす」と聞こえてきた。レジの応援に来いという隠語だ。一つしか開いていないレジには行列ができていた。隣のレジを開けて「二番目のお客様、こちらにどうぞ」と呼びかける。

ところが、二番目に並んでいた女性客は何故かもの凄く嫌そうな顔をして、早歩きでこちらのレジに近づいて来た。彼女がレジ台に商品を置いて、その理由がわかった。女性客が持って来たのは生理用品だった。

手早くバーコードを読み取り、商品を中身の透けない黒いレジ袋に詰め、トレイに置かれた千円札を受け取ってお釣りをレシートと一緒に渡す。

ありがとうございました、と頭を下げようとしたところで、女性客はレジ袋をパンパンと叩いてきた。

「配慮して女の店員と代わるもんじゃないですか？　フツー」

投げ捨てるようにそう言って、すぐに俺から視線を逸《そ》らす。

「申し訳ございません」

「気が利かない店」

鼻を鳴らして去っていく女性客に「ありがとうございました」と頭を下げた。すぐに、待ちかねたという顔で別の客がレジに商品を置く。

駅前のドラッグストアは電車の到着時間に合わせて混雑する。閉店直前に駆け込む客も多く、この日も店のシャッターを閉めるぎりぎりまでレジを二つとも開けておく必要があった。

「安原君、お疲れさま」

店頭に立てておいた幟《のぼり》を回収しシャッターを閉めたところで、木脇がゴミ袋を抱えて通りかかった。ムサエイに通い、安原組のサード助監督でもある、木脇和泉が。

俺は大学入学直後からこの店でバイトしている。彼女が働き始めたのは、俺がバイトを始めて三ヵ月後のことだった。

大学から一駅離れたところにあるアパートから近く、時給も悪くなかったことがバイトを始めた理由だったが、実家がこの近くにある木脇も同じ動機だったらしい。

「混んだねー。しんどかった」

バイト二人と社員一人であれは無理だって。奥の事務所にいる社員に聞こえないよう、木脇は声を潜《ひそ》めて笑った。

「安原君、九時過ぎに女の人に絡まれてなかった？」

「絡まれた、っていうか、俺に生理用品の会計されるのが、嫌だったみたい」

　俺がヘルプに入ったとき、隣のレジで応対していたのは木脇だった。作業の合間にこちらの様子を見ていたのだろう。

「えー、そんなの気にし出したら、買い物なんてできないじゃん。ていうか、嫌なら後ろの人にレジ譲って、私のレジが空くまで待てばいいのに」

　運が悪かったね、と俺の肩を叩いて、木脇はすたすたと店の奥へ向かう。

　残業する様子の社員を残し、俺と木脇は店を出た。店の裏に止めてあった自転車に跨《また》がって、線路と並行して走る道を隣の駅に向かってのろのろと進む。

　同じ店でバイトをしている学生は何人もいるが、こうして帰り道に話すのは木脇だけだった。バイト仲間の中で浮いているわけではない……と思うのだけれど、真相はわからない。もしかしたら話しづらい人間だと思われているかもしれない。

「脚本の修正、どんな調子？」

　ただ、ここ数日の木脇との会話は、ずっと卒制のことだった。

「ぼちぼち」

「ぼちぼちって、一昨日もそんなこと言ってなかったっけ？」

呆れたように笑いながら、木脇は自転車を漕《こ》ぎ続ける。隣に並ぶと車道に大きくはみ出てしまうから、ほんの少しずれて、俺が彼女のやや後方を走っていた。

「もしかして、苦戦してる？」

答えに窮した。そんな俺を木脇が振り返る。彼女の声は真剣だった。こちらを案じるような声色で聞かれたら、嘘をつけなかった。

「ちょっと、ね」

実はほとんど進んでない。ちょっとと言ったのは精一杯の強がりだった。

「北川君は、何て？」

「いや、脚本は、俺が頑張らないといけないところだし」

「詰まってるなら、まず北川君に相談したらいいんじゃない？」

監督とプロデューサーは二人三脚。野球で言うならバッテリー。監督である俺が困っていると聞いて木脇が北川の名前を出すのは、おかしいことではない。なのに、そう思っていない自分がいる。木脇の言葉を、当てつけのように感じてしまう自分が。

「そう、だね」

堪らず、このまま木脇を追い越してさっさと帰ってしまいたくなった。でもそんなことをしたら、彼女は察するだろう。俺が脚本の修正に難儀していて、プロデューサーの北川にも相談できずにいるらしいと。

俺と北川が、上手くいっていないんじゃないかと。

「相談、してみようかな」

「そうだよ。絶対した方がいいよ。私なんかより全然、頼りになるって」

そこからは、木脇がサード助監督として担当している小道具や衣装の話になった。すでに俺の脚本をベースに、ロケハンや衣装の手配など、準備は着々と進んでいる。でも物語後半の部分はまだまだ修正の最中だから、手をつけられていない。

「監督から直々に意見を聞けると、安心して小道具を集められるよ」

俺が途切れ途切れの言葉でイメージを伝えると、木脇はにこにこと頷いてくれた。どうして、北川とはこんな風に話せなくなってしまったのか。頼むから誰か、教えてほしい。

木脇と駅前で別れて、一人になった。ピンク色の自転車に跨がった木脇の背中がガード下をくぐり、線路の向こう側に見えなくなるのをぼんやりと眺めたあと、自宅に向かってペダルを回した。

線路沿いに五分ほど自転車を漕ぐと、年季の入った木造のアパートが見えてくる。その二階が、俺が上京してからずっと暮らしている部屋だ。駅までも歩いて行けるし、ムサエイまでも自転車で十分。

六畳のワンルームに戻り、電気を点《つ》けてすぐにスマホを取り出した。

まずメールで北川に今電話をしてもいいか聞こう。そう思ったのに、北川の方からメールが届いていた。俺がレジに入っていた、九時頃のことだった。

お疲れ、という言葉から始まったメールは、脚本の修正はどんな調子だと確認するものだった。今後のスケジュールと照らし合わせると、そろそろ上がってこないとまずい。進捗を教えてくれ。

せっかく向こうから連絡が来たのだから、相談すればいい。今まで散々、そうやって来たように。

なのにどうしてだか、指が動かなかった。ぴくりとも、動かなかった。

友達であるはずの北川が、別人になってしまったような気がする。だから、何をどう言葉にすれば自分の気持ちが彼に伝わるのか、わからない。

＊　＊　＊

「イマイチだったなあ」

役者のプロフィールの束を捲りながら、隣に座った北川が溜め息をこぼす。

「そうだね」

手元のプロフィールを睨みつけ、俺も頷いた。他大学の演劇学科に在籍しているという目鼻立ちの整った男子学生の写真が、貼り付けられている。

『終わりのレイン』の主人公、羽田野透《はたのとおる》役のオーディションには四人の応募があった。すべて演劇を学んでいたり、劇団員として活動している人間だった。ただ残念なことに、四人中三人の審査を終えても、めぼしい役者は現れなかった。

「演技力でいったら、最後の人が、一番なんだけど……」

最後にやって来たのは、芸能事務所に入って活動をしている双海大樹《ふたみだいき》という二十五歳の男だった。目力《めぢから》のある印象的な顔立ちは、黙っていても華があった。役者として活動しているがモデルの仕事の方が多い、というのも納得のいく容姿だ。

双海が木脇に連れられて控え室からオーディション会場である教室に現れたとき

は、「おっ」と思った。隣に座っていた北川がほんの少し身を乗り出したのがわかって、あいつも同じなのだと気づいた。

与えられた実技試験も、それまでの三人に比べて最も美しくこなした。俺が書いた『終わりのレイン』の一場面をセットも小道具もない中で演じるというものだったが、主演に相応《ふさわ》しい堂々とした演技だった。

ただ、この役者にはちょっと問題があった。

「あの態度さえなければなあー。僕は双海さんで文句ないんだけどさ」

北川の言葉に、チーフ助監督の篠岡勇子がテーブルに頬杖を突いたまま「はっ！」と鼻息の荒い笑みをこぼした。笑ってはいるけれど、怒っている顔だ。

「どうして俺様が大学生の卒制のオーディションに出なきゃいけないんだバカヤロー、って顔だったね。どうせマネージャーに行けって言われたから仕方なく来ました、って感じでしょ」

腕を組んで天井を仰ぐ篠岡に、俺は頷く代わりに頭を抱えた。

この部屋に入ってきた双海さんは、その整った顔立ちを瞬時に歪《ゆが》めて「よろしくお願いします」と頭を下げた。俺とは、結局一度も目を合わせてくれなかった。

「やる気ゼロの状態で、それでも、あんな風に演じられるのは、凄い、って思うけど」

それが、俺の本音だった。

「本気かよ。お前、こいつが現場に入ったらどうなると思う？」

双海さんのプロフィールを眺めながら、北川が肩を竦める。合格していざ撮影が始まったら、もしかしたら態度が改まるかも、なんて軽口は、やはり言えなかった。

「いや、ただ……」

言いよどんだ俺に、篠岡が「ただ？」と聞いてくる。

「あの人が、本気を出したら、どうなるのかな、って」

大学生の卒制になんて出ていられるか。そう思っている男が本気で『終わりのレイン』と向き合い、主人公・羽田野透になったら、一体何が起きるのだろう。

その前に、双海さんという男をその気にさせられるのか。俺にできるだろうか。

北川が監督だったら、できるのだろうか。

「とりあえず」

ぱん、と両手を叩いて、北川は室内にいたスタッフを見る。チーフ助監督の篠岡、セカンド助監督の橋本、サード助監督の木脇が、北川に注目する。もちろん、俺も。

「双海大樹を羽田野役にするのか、双海より一枚劣るけど他の役者を合格させるのか、はたまたオーディションをやり直すか。あとでちゃんと考えよう。とりあえず次は、奈々《なな》役のオーディションだ」

今日は『終わりのレイン』のヒロイン・奈々役のオーディションも行われる。羽田野役のオーディションが終わって三十分の休憩を挟み、そろそろ開始時間だ。

「奈々役が決まれば、羽田野役をどういう人にするべきなのか見えてくるかもしれないだろ？」

主役とヒロインの雰囲気とか身長差とか、そういったものを加味して考えれば、双海さんでない誰かという選択肢も出てくるかもしれない。

「じゃあ、控え室に声を掛けてきます」

木脇がさっと席を立ち、駆け足で部屋を出て行く。

「ねえ、北川」

静かになった教室で、俺は北川に話しかけた。奈々役オーディションの参加者のプロフィールに視線を落としながら、彼は「なんだ？」と短く返してきた。

本気で、双海さんを主演にしたいって、俺が言ったら、お前は、どうする？

聞きたかった。北川ならのってくれるんじゃないかと思った。無茶の一つでもしないと面白くないよな、と。俺の知る北川はそういう奴だ。

しかし、

「ごめん、何でもない」

意気地無しと、自分の声が胸の奥に響き渡る。

「ああ、そう」

北川が言ったと同時に部屋のドアがノックされた。数秒置いて、木脇が戸を開ける。

「一番、入田《いりた》琴葉《ことは》さんです」

木脇の背後からぬっと影が伸びるようにして、一人目の奈々役候補が現れる。木脇より少し背が高く、緊張しているのか伏し目がちに顔を俯かせていた。木脇に促され、俺達の座る長机の前に歩み出る。

彼女の顔を正面から見て、俺は意図せず身を乗り出していた。

「日東《にっとう》大学芸術学部演劇学科一年、入田琴葉です。よろしくお願い致します」

大学一年生ということは、まだ十八歳だろうか。慌てて彼女のプロフィールを見た。双海大樹と北川のことばかりに気を取られて、彼女の経歴を見ていなかった。

入田琴葉。十八歳。石川県金沢市出身。高校時代は演劇部だったようだが、特に映像作品への出演経験はない。

改めて彼女を見る。北川が投げかける質問に、ぎこちなく答えていた。

自分がこんなに動揺している理由を、俺は理解していた。俺は今、『終わりのレイン』のヒロイン、奈々が目の前に現れたと、そう感じているのだ。

俺は脚本に、奈々の容姿や服装について何も書かなかった。自分の中にだって、明確なモデルがいるわけじゃない。それがすべて、目の前に現れた入田琴葉に書き換えられていく。それだけじゃない。入田琴葉の隣に立つ、双海大樹の姿がいとも容易く想像できる。羽田野透と奈々が、今ここに完成した。

北川はどう思っているのか。顔を見たくなるのを必死に堪えながら、入田さんにオーディションへの参加理由やこれまでの演技経験を質問していった。羽田野役オーディションの最初の方はあまりにもぎこちなくて、痺れを切らした北川が代わりにやってくれた。さすがに場数を踏んだから慣れてきた。

必要事項を聞き出しつつ、参加者が演技に入りやすいような空気を作る。北川はこれが最初からできるのだから、凄い。人の扱い方とか、場の盛り上げ方とか、そういったものがしっかり染み込んでいて、難しく考えることなく自然に振る舞える。

「質問は以上です。これより、演技審査に移ります」

俺がそう告げると、パイプ椅子に浅く腰掛けていた入田さんはすっと立ち上がり、

「よろしくお願いします」と頭を下げた。

そして、ゆっくり目を閉じ、深呼吸をした。

オーディションでの演技審査のために、事前に台本の一部分を指定した。『終わりのレイン』は、美大生の羽田野透が主人公だ。四年生で卒業を控えているのに、卒業後の進路は全く決まっていない。卒業制作のために用意したキャンバスは真っ白なまま。そんなある雨の日、自分の絵に嫌気が差して河原にスケッチをぶちまける羽田野の前に、奈々という一人の女性が現れる。「帰るところがないんだよね」という奈々を、羽田野はヤケになって自宅に住まわせてしまう。

奈々役のオーディションで指定したのは、奈々が雨の降る河原で羽田野と出会うシーン。羽田野がぶちまけた絵を一枚一枚拾い集め、羽田野に話しかけるシーン。ヒロインの登場と共に、今後の物語の展開を期待させる重要なシーンだ。

「よろしく、お願いします」

椅子をどかしてスペースを作った入田さんは、一歩、二歩とこちらに歩み寄ってくる。ふと立ち止まり、足下に視線を落とす。たったそれだけの動作で、教室が河原になる。

主人公、羽田野が投げ捨てた絵の数々が、雨の河川敷に点々と落ちている。それを一枚一枚見つめながら、奈々は河川敷を揺れるように歩いて行く。見ず知らずの人間の感情を一つずつ拾い上げるようにして。

その中の一枚に、奈々ははっと立ち止まる。その絵が、こんな場所で雨に打たれていた奈々の中の何かを揺さぶったのだ。奈々はその絵を手に取る。雨でぼろぼろになってしまった絵を、破れないように、大事に拾い上げる。もう一枚、もう一枚。奈々は絵を拾っていく。形を保つことのできなくなった紙は、奈々の腕の中で崩れそうになる。絵を守るように、奈々は両手に力を込める。

絵を拾い集めた奈々は、羽田野を見つける。堤防の斜面に腰を下ろし、ずぶ濡れになった、しょぼくれた美大生を。

「こ……これ、あなたの?」

雨音に今にも負けそうな、澄んだ声。羽田野は何も答えない。突然現れた奈々に、驚いて目を見開いている。

一歩、二歩。奈々は羽田野へと近づく。

「はい」

羽田野の膝にかき集めた絵を載せる。羽田野は絵を見下ろし、奈々を見上げる。

「大事なものは、大事にしないといけないと思う」

雨粒が二人の肌を打つ。羽田野と奈々は、しばらく互いを見つめている。

――そこまでが、演技審査だった。

台詞を噛んでしまったことを、入田さんは後悔しているようだった。唇を噛み締めて、視線を右往左往させて、静かに頭を下げる。

「ありがとうございました」

木脇が部屋のドアを開け、入田さんは小走りで退室する。

しばらく、俺は閉じられたドアを凝視していた。すぐに木脇が控え室にいき、次の参加者を連れて来ようとする。それを三回繰り返せばオーディションは終わりだ。

「あのっ……」

木脇が半分廊下に出たところで、堪らず声を上げた。頭の片隅に微《かす》かに「あとにしよう」と考える自分がいるのに、我慢できなかった。

動きを止めた木脇と目が合う。先日、バイトからの帰りに彼女から言われたことを思い出し、俺はゆっくりと立ち上がった。パイプ椅子が床に擦れて、不快で歪《いびつ》な音を上げる。構わず周囲を見回した。北川を、助監督の篠岡と橋本を。

「俺は、今の人がいい」

真っ先に、北川が「え？」と不信感を露わにした。首を絞められるような息苦しさに襲われる。でも続けた。

「入田琴葉さんが、奈々役で、羽田野透役は、双海大樹さんが……いい」

駄々をこねる子供のような言い方だった。でも、言えないよりずっとよかった。

それほど広くない教室の中で、安原組のスタッフ達が俺を見ている。その沈黙を痛いと思った。受け入れなければならない痛みだ。監督として。映画を作る人間として。『終わりのレイン』という作品の、作者として。

「安原」

そしてこの沈黙を破るのが誰なのかも、わかっていた。

「とりあえず、座って落ち着けよ」

北川の視線はすでに次の参加者のプロフィールに移っていた。

「オーディションは終わってないし、もっと上手い人が出てくるかもしれないだろ」

「上手いとか、下手とかじゃない」

北川の言葉に覆い被せるように、早口で続けた。

「俺の思ってた奈々に、ぴったりの人が来た。入田さんと双海さんで、俺の理想とする奈々と羽田野になるって、思った」

ふう、と北川が溜め息をつく。北川以外の誰も、何も言わない。

「言っちゃ悪いけど、僕は入田さんはそこまで上手に思えなかった。演技し慣れてない感じがして、台詞もぎこちなかったし、何より自信がない」

「北川は、そうだったかもしれないけど、俺には入田さんしかないって思った」

「そう思うならそう思った理由を言えよ、安原。フィーリングで話したってしょうがないだろ」

北川は、入田琴葉を推《お》さない理由を述べた。ならば自分も、彼女を推す理由をきちんと、具体的に、簡潔に、言わないといけない。

「俺が、『終わりのレイン』を、書いたから」

理由になっていないと、自分でも思った。俺から視線を逸らして口を開きかけた北川から、どんな言葉が飛んでくるのか予想もできた。なのに、北川は何かを諦めたようにその口を噤《つぐ》んでしまう。俺の方を、見もせずに。

「じゃあ入田さんはともかく、双海さんに至っては、あんな人が主演になったら現場の空気が最悪になるって、安原もわかるだろ」

「それでも、双海さんは、オーディションを受けに来た。受かったら、ちゃんと撮影に参加してくれる、と思う」

「直接やり合うのは、監督の安原だぞ？」

お前、あいつを乗りこなせるのか。

北川はそんな顔をしていた。口元が、音もなく舌打ちをしたように見えた。それが、俺に火を点けた。汚い色をした、嫌な炎だった。

何より、北川がこうして話をしながら一度も俺を見ないことに、無性に腹が立った。

「俺の映画を、いいものにするためだったら、やれる」

ていうか、やる。そう付け足してやっと、北川を真っ直ぐ見ることができた。

「北川」

視界の隅で木脇がはらはらとこちらを見つめている。ごめんと心の中で謝った。木脇は決して、こうなることを願って「北川と話せ」と言ったわけではないだろうに。

「俺のやることに、全部、同意してほしいなんて言わない。でも、せめて俺の顔を見て話せよ」

自分の声がそこまで怒りに満ちていないことに驚いた。それ以上に北川が驚いていた。木脇が驚いていた。篠岡と橋本も、驚いていた。

北川賢治が、俺が自らプロデューサーになってくれと頼んだ男が、やっと俺を見た。もう長いこと彼の目を見ていなかった気がする。穴のようだった。底の見えない深い深い二つの穴が、そこにあった。背筋が寒くなる。でも、それでも、彼には『終わりのレイン』のプロデューサーでいてほしかった。北川は俺にないものばかりを持っている。羨ましいくらいに、妬《や》けるほどに。

「ごめん、木脇」

控え室に行くこともこの場に留まることもできずにきょろきょろしていた木脇に謝罪する。篠岡と橋本にも、同じように頭を下げた。

「突然、自分の意見を言って、ごめん。オーディションが終わったら、もう一度話す」

静かにパイプ椅子に腰を下ろした。北川は、最後まで何も言わなかった。

◇北川賢治

舌打ちが嫌いだった。

高校三年のときの担任は、よく舌打ちをする人だった。自分の思った通りの結果が出ないとき、舌打ちをしてしまう。授業中、生徒を指名して問題を解かせておいて、生徒が正解できないと小さく舌打ちをする。本人は悪気なんてない。ないけれど、された方の心には釣り針で引っかかれたような、細い傷が残る。

洒落《しゃれ》た形のランプが吊り下がる天井を仰ぎ見ながら、そのことを思い出していた。あの教師を思い出すのは、いつも決まってこういうときだ。自分が舌打ちをしそうになったとき、あの舌打ちを思い出す。そうやって自分の舌打ちを止める。

今、自分が舌打ちをしたいと考えているのは他ならぬ自分自身だから、遠慮なく舌打ちでも何でもしてしまえばいいのに、とも思う。

テーブルの上に置いたスマホで時間を確認すると、約束の時間の三分前だった。店の入り口に視線をやると、ガラス張りのドアの向こうに見知った顔を見つける。

新宿駅と新宿三丁目駅のちょうど真ん中にあるカフェに僕を呼び出した人物は、約束の時間に遅刻することなく現れた。

「ごめん、北川君の方が早く着いちゃった」

ムサエイの監督コース四年、安原組のサード助監督、木脇和泉が、僕の向かいに腰掛ける。木製の丸テーブルは縁《ふち》や脚に綺麗な彫刻が入っていて、店内は白と黄色を基調とした明るい雰囲気。若いカップルがデートの合間に入るにはぴったりだ。

ただ、木脇は僕をそんな楽しい理由で呼び出したわけではない。木脇から昨夜――『終わりのレイン』のオーディションが終わった直後に届いたメールには、こちらが妄想を膨らませる余地さえなかった。

『安原君のことで、北川君に相談があります』

オーディションの合間にあんなやりとりを見せてしまって、その後の話し合いでも合格者は決められず、保留になったままだ。その上そんなメールが届いてしまったら、はぐらかすわけにも、断るわけにもいかなかった。

「本当は十分前に到着するつもりだったんだけど、道に迷っちゃって」

ぎこちなくメニューを広げた木脇は、手の甲で軽く額を拭う。店員が運んできた水のグラスを鷲摑《わしづか》みにして、一気に半分ほど飲んでしまう。

「よく使うからこの店にしたんじゃないの？」

待ち合わせ場所としてこの店の地図を送ってきたのは、木脇の方なのに。

「いや、だって……」

言い辛そうに視線を泳がせたのち、木脇は観念したようにメニューで顔を隠しながら苦笑いをする。

「北川君を誘うのは初めてだから、とりあえずちゃんとしたお店にしようと思って」

「僕って、ファミレスに呼び出されたら怒るような人間に思われてるわけ？」

「なんとなく、ちゃんとしたお店じゃないと、テンション下がるんじゃないかと思い……」

その「ちゃんとしたお店」というのが、ここというわけか。メニューを見下ろしながら、肩を竦める。ドリンクメニューにはポットサーブのハーブティーやカフェオレボウルといった、華やかな名前が並んでいた。メニューを彩る写真を見ても、店内の装飾同様に洒落ていて高級感がある。どれも一杯千円以上するし。

「一杯百円のコーヒーも美味しくいただける人間なんだけどなあ」

「ほら、私達、安原君を介して知り合いではあるけど、あんまり絡みはなかったしさ」

木脇は安原と同じドラッグストアで働いているらしく、大学でもたまに話しているのを見かける。ただ、僕と木脇の付き合いはそこまで濃くはなかった。

頃合いを見計らって店員が近づいてきた。僕がホットティーを、木脇がカフェオレを頼んで、しばらくは安原とはなんら関係のない世間話をした。木脇が表情を変えたのは、運ばれてきたポットからカップに僕が紅茶を注いだときだった。

「昨夜のメールのこと、なんだけど」

「安原のことでしょ？」

湯気の立ち上るカップに息を吹きかけながら聞く。七月に入って数日たち、連日三十五度近い気温に辟易《へきえき》しているけれど、冷房の効いた店内なら温かい紅茶もいい。

「安原君、脚本の修正と絵コンテを描くのに、いろいろ悩んでるみたい、だよね？」

茶碗のような大きさのカフェオレボウルを両手で持った木脇は、戸惑った様子でボウルに唇を寄せる。

「本当ならオーディションの前に脚本を仕上げる予定だったのに、まだ手こずってるからね」

安原が書いた『終わりのレイン』の脚本には、コンペで審査をした教員から何ヵ所か物言いがついた。登場人物の心情の変化が描き切れていないとか、作り手の都合のいいように物事を運び過ぎだとか。それらを修正し、全体の演出プランを練り、シーンごとの絵コンテを作らねばならない。その後、撮影場所のロケハンをし、小道具や衣装といった撮影に必要なありとあらゆるものを準備する。

卒制のために与えられた期間はおよそ半年。撮影の準備に二ヵ月、撮影に一ヵ月、編集に三ヵ月。一ヵ月の撮影期間を有効に使えるかは、その前の準備期間にかかっている。なのに、安原組は最初から躓《つまず》いているのだ。

「一応、篠岡さんと橋本君とで、スケジュールを作ったり、現時点で確実に必要なロケ地とか小道具のピックアップを進めてる」

「あいつ、一年のときからスケジュール管理が苦手だったから。木脇達がしっかりやってくれてて、助かってるよ」

安原はしょっちゅう撮影日数や時間を度外視して撮りたいものを撮ろうとマイペースに、時に猪突《ちょとつ》猛進に動いて、先生からこっぴどく叱られることがあった。最初はその姿にいちいち苛ついていたけれど、段々許せるようになってしまった。

「そんなことないよ。スケジュール管理なんて助監の一番の仕事だもん。それに安原君がスケジュールとか現場の管理とか、人を動かしたりすることが得意な人じゃないって、一緒にバイトしてる私もよくわかってるし」

「やっぱり」

「もっと効率よく動けって社員さんにいつも怒られてる。去年の今頃、新人の指導係になったときも、指示を出して人を動かすのが苦手みたいで、社員さんが呆れてた」

一緒に実習をしているときの安原の姿と重なるものがあって、思わず笑った。「安原君らしいけどね」と木脇も頬を緩めた。

「人を動かすのが得意じゃない人は当然いるし、けれどすぐに、「でも」と唇を引き結ぶ。い人だっている。そういう人が映画作りに参加しちゃいけない、なんてことは絶対にない。みんなが得意なことを活かすから、共同作業になるんだと思うし」

木脇が何を言いたいのか、彼女の顔を見ながら考えた。木脇は、先程からずっと目を伏せている。テーブルの上のカフェオレボウルや水の入ったグラスや紙ナプキンを眺めるばかりで、僕の方を見ない。

「ごめん、北川君」

突然、その口から謝罪の言葉が飛び出した。

「安原君に頼まれたわけじゃないの。脚本の修正に詰まってる安原君に、『北川君に相談したら？』ってアドバイスしたら、困った顔されちゃったり。オーディションで北川君と言い争い一歩手前になっちゃってる安原君を見て、サード助監督として、安原君の友達として、お節介を焼いてるだけだから」

長い前置きを終えて、やっと木脇は僕に視線を合わせた。わずかに、瞳を険しくする。丸い大きな目の奥で、木脇の体温がすーっと下がっていくのがわかる。

「どうして、安原君を助けてあげないの？」

ストレートな木脇の問いは、予想以上に胸に深く突き刺さった。昨夜、木脇からのメールを読んだ時点で、この類《たぐい》の非難を受ける覚悟はできていた。ただあまりに率直な問いに、面食らった。

「コンペの前にね、安原君がよくバイト帰りに言ってたの。『北川は強敵だ』って。『正直勝てる気がしない』って。コンペに勝って一番驚いたのは多分、安原君だと思う。安原君は北川君の実力を一番買ってるから。だから、プロデューサーを頼んだんだと思う。でも、サード助監督としていろいろ動いててわかる。北川君はプロデューサーとして完璧に働いてるのに、一個だけ、避けてることがあるって」

自分の耳が、少しずつ熱くなっていく。

「北川君、安原君と全然話してない。監督とプロデューサーとしての事務連絡っていうか、ビジネス会話っていうの？　ああいうのはしてるのに、卒制が始まる前みたいな、友達同士の会話をしてない。してるように見えない」

コンペの結果が発表され、撮影に向けての準備が始まった。僕はスタッフ集めに走り回った。とにかく優秀な人間を集めないと始まらない。だから、安原とのコミュニケーションより地盤を固めることを優先した。

そんな言い訳は、口にする気力も湧かなかった。

安原に負けたあの日から、ずっとプロデューサーに徹した。監督は安原。監督がすべきことは、安原がすべきだ。プロデューサーの仕事は、監督のすべきことを形にするためのありとあらゆる交通整理をし、ときに方向を正し、支えること。

そんないいプロデューサーになれていたのなら、脚本の修正に悩む安原を放っておけるだろうか。自分の中の理想のプロデューサーは、そんなことをするだろうか。

「監督とプロデューサーって、二人三脚だって私は思う。いい監督には、長年連れ添ってきたプロデューサーがいるし。でも今の北川君と安原君は、互いが遠慮しているっていうか、安原君は北川君に相談したくてもできなくて、北川君も安原君に言いたいことがあるのに言えない、って感じに見える」

どうして、僕は安原と話ができないのだろう。昨日のオーディションのとき、双海と入田さんを起用したいと言い張る安原に対して、いろいろと言いたいことがあった。だらだらとみっともなく話してしまう気がして、突き放すような言い方になった。自分は腹の底でどう思っているか。伝える言葉を探さなかった。

「オーディションのときだけじゃない。北川君、最近よく、舌打ちしてるの」

木脇の指が、彼女の唇を差す。

「音は出てないけど、唇が舌打ちするみたいに動くの。安原君だって気づいてると思うよ。北川君が『こう言ってほしい』って思っていることをできてないんだって」

気をつけていたつもりだった。言いたいことを言わずに舌打ちで不満を表現して周囲を威嚇するようなこと、したくなかった。

「安原君の友達としても、もちろん助監督としても、このままじゃ正直……『終わりのレイン』が完パケする気がしなくて」

湯気の消えたティーカップを見下ろす。無意識に、右手が取っ手を強く握り締めていた。冷めてしまった紅茶を口の中に流し込む。ベルガモットで香り付けされた爽やかなアールグレイの風味が、鼻に抜ける。

「そうだね」

不思議と頭が冷静になっていく。何一つ結論は出ていないし、自分に対する嫌悪感も間違いなくある。なのに、勝手に頭が冷える。恥ずかしさから自分を守るみたいに。

「卒制だからって、肩に力を入れすぎてたのかも。学生気分を抜かなきゃって思って、安原とあんまり話せてなかったよ」

違う。この問題の根本は、そこじゃない。

大学四年生だから。卒業制作だから。大学最後の作品だから。自分はもう、プロの現場に入るのだから。そんな気負いが原因ではない。

でも、木脇に本当のことは言えない。意地だ。格好をつけたいのだ。同じ安原組として、ムサエイの同級生として、木脇に無様《ぶざま》に本音を晒《さら》したくない。

「五月にさ、ムサエイが潰れるって噂が出たでしょ？」

「あったね、そんなの。うちの親も騒いでたよ。『あんたが卒業する前に大学が潰れるんじゃないの？』って」

「コンペの結果発表のとき、高島先生が言ってただろ？　ムサエイの意地を見せてやれ、って。僕だってムサエイに対する愛校心はもちろんあるし、やってやろうじゃんって思ってたんだ」

それが、ちょっと空回りした。そう続けてやっと、木脇は安心したように目を細めてカフェオレボウルを抱えた。一口飲んで、「量が多くて飽きてきちゃった」と笑う。

「甘いもの、頼んでもいい？」

メニューを手に取った木脇が、「北川君もどう？」とデザートのページを広げて見せてくる。食欲は湧かないけれど、とりあえず一緒に見た。木脇がクレームブリュレを頼んだので、同じものを注文する。

それからは、また卒制とは関係ない話をした。その合間にポットに残っていた紅茶をカップに注ぐと、木脇がほんのちょっと身を乗り出してその香りを嗅いできた。

「柑橘系の匂いがするね、その紅茶」

「アールグレイだからな」

「アールグレイって、そういうもの？」

「紅茶の茶葉にベルガモットの香りをつけたのが、アールグレイだから」

母さんが紅茶好きで、毎朝天気や気分に合わせて紅茶を淹れてくれるから、簡単な知識ならある。そう付け足すと、木脇は感心したように浅い溜め息をついた。

「なんか、北川君って育ちがいいよね」

「なにそれ」

「いいところのお坊ちゃんって感じがするの。だから映画の撮影現場みたいな泥臭いところが似合わないっていうか、ギャップがあるっていうか、安原君とは正反対な感じ。性格もだけどさ」

「そんなに合わなそうに見えるかな」

「ていうかね、北川君は何でもテキパキやっちゃうし、自分の意見をはっきり言う人だから、北川君はよく安原君に苛々しないでいられるなって思う。二人って、どうして友達になったの？」

木脇の質問に答える前に、クレームブリュレが運ばれてきた。底の浅い器に、カリカリのカラメルに覆われたプリンが収まっている。表面にはミントの葉と、ラズベリー。可愛らしい見た目に、木脇は嬉しそうにスプーンを手に取った。

「わーい、『アメリ』だ、『アメリ』」

映画『アメリ』で主人公がクレームブリュレをスプーンで割るのを、木脇は楽しげに真似た。パン、という軽快な音と共に、カラメルにヒビが入る。

「ベタな女だって思われそうだけど、やっぱり『アメリ』、好きなんだよねー」

木脇の真似をしてカラメルを割り、スプーンでプリンを掬《すく》った。甘すぎず、ほんのり温かく、美味しかった。

でも、カリカリとしたカラメルが奥歯に絡みつくようで、ときどきその欠片《かけら》が舌にチクリと刺さって、痛かった。

木脇とは店を出てすぐ別れた。せっかく新宿に来たから買い物をして帰るという木脇に対し、僕は映画を観に行くことにした。

土曜の午後なだけあってそれなりに混んでいたけれど、先週から上映が始まったSF映画がタイミングよく十分後に始まるところだったので、それを観ることにする。二時間以上の長い作品だったが、前評判通りの面白さだった。スタッフロールまでじっくり観てから、映画館を出た。

家に帰る気になれなくて別の映画館で違う映画を観た。今年のカンヌ国際映画祭に出品された日本人監督の作品だった。ロビーにポスターが展示されていて、「カンヌ国際映画祭出品！」とステッカーが貼られていた。それに釣られたのか、若いカップルが何組か僕の席の近くで映画を観ていた。エンターテインメントとかわかりやすさとか、そういったものを度外視した内容に、酷く退屈しているようだった。

「わかんないもんだ」

出入り口のポスターの前で、思わずそう呟いていた。いい映画だから興行収入がいいわけでもなく、興行収入がいいから素晴らしい映画というわけでもない。何がいつどこでヒットするかわからない。

映画を二本観たら、さすがに外はまっ暗になっていた。しかも、雨まで降っていた。映画館に入る前はいい天気だったのに、別次元に迷い込んだ気分だった。

傘を持ってないから、とりあえず走る。予想以上に雨脚が強く、あっという間に髪と顔と足下がびしょびしょになった。自分の踵《かかと》が撥《は》ね上げた水が、ふくら脛《はぎ》を汚す。

新宿駅へと繋がる地下街の入り口まで来て、やっと一息つく。前髪を掻き上げると、雨水と汗が入り交じった雫がこめかみから首筋へ伝っていった。肌を撫でるようなその感触が、頭の奥に潜んだ記憶を刺激する。

大学一年の頃、こんな土砂降りの中で撮影をしたことがあった。

入学直後の実習は、あらかじめ用意された脚本に沿って、監督である教員の指示のもと、スタッフとして撮影に挑むという内容だった。カメラとか照明とか録音とか編集とか、映画に関わるさまざまな役割を四月から六月にかけて一通り学んだ。七月に入ってやっと、自分の作品を撮らせてもらえた。

六人組の班を作り、各人が一本ずつショートムービーを作る実習だった。一人が監督をやるときは、他の学生はカメラや照明や録音を担当する。交代で撮影を行い、夏休みが始まるまでに撮影を終える。夏休みの間に編集し、九月に提出する。プロの役者は使えない。役者も自分達でやる。

グループの中でくじ引きをした結果、僕の作品の主演は安原になった。安原の演技がこれがまた大根で、困ったものだった。もちろん、みんな映画を撮る側になりたいわけであって、決して演じたいわけではない。だから撮る作品の内容を、「上京してきたばかりの若者が、東京の街で戸惑いながらも自分のやるべきことを見つける」というべたべたの内容にして、主人公を安原の素に近づけた。

それでも安原の演技は酷かった。台詞は嚙む。嚙まなくてもぎこちない。カメラが回ると表情が能面のようになり、スタッフみんなで笑いを堪えるのに必死だった。

だから、だったのだと思う。

それまで同級生として一緒に大学生活を送ってきた安原槙人の、ものわかりがよくてマイペースで、でもちょっと鈍くさいその顔の下にある素顔を、いざ自分の作品を撮るとなると目の色が変わる本性を、垣間見てみたくなった。あと、安原が胸の内で僕に苦手意識を持っているような気がしたから、どうせ嫌われるなら思い切ってやってみるかと、悪魔が囁《ささや》いた。

撮影場所として選んだ公園の東屋で昼休憩を取っていた最中、空からぽつぽつと雨粒が落ちてきたのに気づいたとき、そんな衝動に突き動かされた。

あいつが一番怒る言葉は、傷つく言葉は何だろう。そんな残酷なことを咄嗟《とっさ》に考え、カメラを通して安原にぶつけた。

安原は驚いた。同級生から突然そんなことを言われて、固まった。呼吸も止まった。次の瞬間、その瞳の奥が、こちらの鳥肌が立つくらい激しく燃え上がった。

あのときのうなじが粟立《あわだ》つ感覚を思い出して、思わず首に手をやって空を見上げた。僕は、雨は結構好きなはずなのにな。どうして今日の雨は、こんなにも苦しいのか。

どんどん激しくなっていく雨は、あの日の雨に似ている。

あの後、安原は怒った。弁解の余地もなく僕は謝罪した、気がする。ああ、でも、「いい絵が撮れた」「これならカンヌに出品できるぞ」なんて冗談を言った記憶もある。今から思えば、自分の実習作品のためとはいえ最低なことをしたものだ。

ただ、あのショートムービーは夏休み明けの講評会で絶賛された。どこまでがフィクションでどこからがノンフィクションなのかわからない。安原の下手くそな演技は実はわざとなんじゃないか？　などという意見まで出たくらいだった。

それを見て、安原が自分の作品が評価されたみたいに喜んでくれていたのを、今でもよく覚えている。木脇は自分達が友人同士なのを意外だと言うけれど、あの日の雨がなかったら、そうだったのかもしれない。

あのショートムービーは、ムサエイに入って最初に撮った自分の作品だ。その主演は安原だった。だから僕はきっと、『雨降る教室』を書いたのだと思う。あの雨は自分にとって意味のあるものだから。大切でもあるし、スタートラインでもあるし、ときどき無性に振り返りたくなるものでもある。

あいつにとっては、どうなのだろうか。あの雨の中での撮影は、安原にとってどんなものとして残っているのだろう。安原が『終わりのレイン』を、雨の物語をムサエイでの最後の作品に選んだのに、関係しているのだろうか。

もしそうなら、どうして、勝ったのは安原だったのだろう。

地下街へ続く階段に腰掛け、濡れた頭を壁に押しつけた。ぐりぐり、ぐりぐり、ぐりぐり。何度も擦りつける。

卒業制作でフィクション映画を撮れる監督は一人。たった一度、たった一つの監督の座。ムサエイでの四年間を締めくくる、集大成となる作品の、メガホンを取る。

コンペの結果が発表されてから、全身で感じてきた。必死になって隠してきた。鎮まることなく、ただひたすらに燃え続ける、嫉妬の炎を。

◇安原槙人

時刻表通り新幹線は駅に着いた。駅前のバスターミナルで、実家とは違う方向へ行くバスに乗った。

東京から新幹線で三時間ほど北へ行ったところに、俺の地元はある。新幹線の駅こそあるが、寂れきったただの地方都市。昔は栄えていたんだろう。人がいっぱいで、賑やかだったんだろう。街中から、サビの匂いがするみたいだった。

バスは市の中心部を抜け、海沿いへ。途中に営業しているのかどうかもわからない古い映画館がある。その前を通過し、町外れの高台を上ると、終点の病院だ。開院当時は白壁が綺麗だったらしいが、今は淀んだ鼠《ねずみ》色をしていた。屋上に病院名が入った看板が立てられているが、海風に今にも吹っ飛んでいきそうだった。

そんな見てくれだが、市内で一番大きな病院だ。何より、このあたりで唯一、緩和ケア病棟がある。

病院の前にバスが止まる。一番最後に俺が降りると、入れ替わるように大量の老人が乗り込んだ。バスはこのまま折り返して、来た道を市街地に向かって戻っていく。

バスの後ろ姿を見送ってから、病院に入った。

院内は不思議な匂いがする。消毒薬と、具合の悪い人の湿った吐息が混じり合うような匂い。それにさらに違うものが混ざっている。もしかしたらこれが死の匂いなのではないか。そんなことを思う。

緩和ケア病棟は病院の最上階だ。エレベーターで九階まで上がり、一番奥の個室をノックした。返事はないが、ゆっくり引き戸を開ける。

母さんはベッドの上にいた。体がドアとは反対側を向いていて、こちらに寝返りを打とうとしていたから、「そのままでいいよ」と窓側に回り込んだ。背負っていたリュックを床に置き、手にしていたビニール袋を見せる。

「ＤＶＤ、いっぱい買って来た」

発売されたばかりのアクション映画。最近観て面白かった恋愛映画。木脇に勧められたコメディ映画。人気ドラマの劇場版。母さんが好きそうなものばかりを選んだ。

「あら、ありがとう。観るのが楽しみ」

窓際には液晶テレビが置かれていて、ＤＶＤプレイヤーが繋がっている。リモコンは、母さんの枕元。

「お家《うち》寄った？」

「いや、駅から真っ直ぐ来た」

「何日くらい、こっちにいられるの」

「明日の、午後の新幹線で帰る。あんまりいられなくてごめん」

「映画、ちゃんと撮れてるの？」

俺が帰省すると、母さんは必ずこう聞く。

「卒制の撮影が、もうすぐ始まるから、今は準備でばたばたしてる」

この週末は、準備期間の合間のわずかな中休みだった。本当なら脚本の修正と絵コンテを描く作業をしなければならないのだが、今を逃すと映画が完成するまで母さんに会うことはできないだろう。

今は七月。映画の完成は十二月。母さんがそれまで生きていられるかどうかは、わからない。

「俺、監督やるんだ」

「へえ、そうなの」

母さんの怠そうな声に、わずかに張りが出る。

「監督って、一番偉いんでしょう？」

「偉いっていうか、みんなを動かさないといけないから、いろいろ大変」

俺が監督として上手くやれているかと言えば、それはNOだ。こちらからプロデューサーを頼んだのに、北川は呆れているだろう。こんなことなら自分が監督をやれたらよかったのに。そう思われていたら、どうしよう。

いや、きっと、間違いなく、思われている。

「マキが監督した映画、観られるんだ」

「完成は年末だから、観せられるとしても、お正月かな」

「大丈夫。お母ちゃん、映画好きだから。お正月まで待ってる」

「じゃあ、お雑煮、食べながら観ようか」

自分が撮るのは『終わりのレイン』という作品で、ストーリーはこんな風で。優秀なスタッフが集められたから、みんな頼りになる。そういえばこの前こんな映画を観た。半年ぶりの母さんとの会話は、映画のことばかりだった。

せっかくだからと、DVDを一本観た。

「でも」

映画のタイトルが二十インチのテレビ画面に表示されたとき、母さんがぼそりと言った。

「やっぱり映画は、大きな画面で観たいね」

あんたの映画も、映画館で観てみたいなあ。くすくすと笑う母さんに、釣られて笑った。笑わずにはいられなかった。

「じゃあ、頑張って、早く監督にならないとね」

こんなこと、北川の前じゃ絶対に口に出せない。

「マキの映画も桜ヶ丘シネマでやったら、お母ちゃん嬉しいな」

「大学生の卒制だよ？　無理に決まってるじゃん」

一応、卒制は大学の近くの映画館を借り切って上映会を行う。一般客も入れる。だが、母さんがここから新幹線に乗って観に行くことは叶わないだろう。

「でも、やっぱりあそこが一番落ち着くじゃない。昔から行ってたから」

桜ヶ丘シネマ。病院に来る途中に通り過ぎた、町で唯一の映画館。

俺と母さんの休日の楽しみといえば、桜ヶ丘シネマで映画を観ることだった。二人分の映画料金はちょっと高いから、ポップコーンは二人で一つ。席の間のホルダーに入れて、二人で食べながら映画を観る。

母さんの体調のこと。余命一年を宣告されて、その「一年後」がもう眼前に迫っていること。母さんのいなくなってからのこと。とうの昔に両親が離婚し、母子家庭で育った自分がもうすぐ独りになること。そういった差し迫った現実は、二人とも、言葉にしなかった。

選んだのが「一分に一回笑える」と木脇が力説していたコメディ映画だったのが、すべてを物語っている気がした。


夜七時を回った頃、病室を出た。ロータリーまで行くと、坂道を上って来た市営バスが病院の前で止まり、降車口が開いた。

見知った顔が、ステップを踏んでバスから降りてきた。

このままバスに乗って、知らない振りをして帰りたい。心からそう願ったのに、こちらを威圧するような低く険しい声で名前を呼ばれてしまった。

こうなったら無視はできない。乗車待ちの列から外れて、バスを降りてきた中年の女性へ歩み寄った。背負ったリュックがもの凄く重くなってしまった。

「帰って来てたのね」

母さんの妹に当たる二宮の叔母さんからすれば俺は、女手一つで育ててくれた母親を捨てて、国立大学を卒業して母に楽をさせてやるという親孝行もせず、映画監督なんて子供みたいな夢のために東京へ行ってしまった、許せない甥っ子なのだ。

「いつまでこっちにいられるの」

嫌味を言われるのを覚悟して、「明日までです」と絞り出すように答えた。

「映画だ何だって言って碌《ろく》に帰ってこないんだから、たまにはもう少し姉さんを安心させてあげればいいのに」

叔母さんの手には、大きなトートバッグ。中身は母さんの着替えだろうか。入院中の母さんの面倒は、ほとんど叔母さんが見てくれている。

「すみません。大学の卒業制作で、ちょっと忙しくて」

「どうせ映画撮ってるんでしょう？　母親と映画ごっことどっちが大切なの。大体あんたの行ってる大学、潰れるってネットのニュースに出てたわね？　世間はね、あんたが思ってるほど優しくないから。だから叔母さんは反対だったのよ。大学やめて東京行くなんて」

口を開きかけ、そっと閉じた。腹の中は人並みに熱くなっている。北川だったら、即答したのだろうか。自分がどんな気持ちで映画を撮っているのか、どれほどの覚悟を持って三年半過ごしてきたのか。

そういったものと人の命を天秤にかけて、答えに窮するのを責めるなんて卑怯だ。そう、言うに違いない。

「槙人、あんた、大学卒業したらどうするの」

その質問に喉が押しつぶされたように苦しくなり、先程母さんと一緒に観たコメディ映画のワンシーンが、どうしてだか脳裏を過ぎる。

「まさかまだ内定も何ももらってないのっ？」

叔母さんが一歩、詰め寄って来る。

「現場に、入ることになってます」

「現場ぁ？」

「大学の先生の紹介で、四月から始まる、映画の現場に」

「それ、給料いくらなの？　正社員なの？　福利厚生は？　ボーナスは出るの？」

ああ、駄目だ。話が通じるわけがない。映画の世界は、二宮の叔母さんが思う普通の世界とは違うのだ。正社員とか、完全週休二日とか、福利厚生とか、ボーナスとか。そんな普通の生き方からは外れてしまう世界なのだ。

叔母さんが求めているのはきっと、映画ごっこは大学時代のお遊びとして卒業と同時にすっぱりやめて、会社員になって、固定給をもらって、年に二回ボーナスをもらって、母さんを安心させる。仕送りをして、親孝行をする。

そういう、普通の世界を生きる親思いの息子を求めているのだ。

バスの運転手が「出発します」とアナウンスをした。これ幸いと、バスに向かって

「すみません、乗ります」と叫んだ。

「ちょっと、まだ話が――」

二宮の叔母さんの方は見ず、乗車口に走る。ドアが閉まり、バスが走り出してからも、しばらくそちらを見られなかった。

バスが病院の敷地を出て、坂を下って海岸沿いに出て。そこまで来てやっと、俺は座席に腰を下ろした。

しばらく、そのままでいた。自分の足下を睨みつけながら、何も考えないように眉《み》間《けん》に力を込めた。あまりにも長いことそうしていたから、ついには頭痛がしてきた。

顔を上げると、桜ヶ丘シネマの目の前だった。ぼんやりとした外灯に照らされ、公開中の映画のポスターが浮かび上がる。ポスターは新しいのに、ぼろぼろの映画館に飾られていると大昔の映画のようだ。

およそ四年前。俺が、通っていた国立大学を辞めて映画の勉強をしたいと母さんに打ち明けたのも、ここだった。母さんの好きな俳優が主演を務めた話題の映画を観た、直後のこと。

エンドロールが終わり、館内が明るくなり、疎《まば》らに入っていた観客がぞろぞろと出て行く中、大学二年生だった俺は言ったのだ。

「母さん」

空になったポップコーンのカップを握り締めて、スクリーンを真っ直ぐ見つめて。

「俺、大学辞めたいんだ」

俺が通っていたのは、地元の国立大学の理工学部だった。偏差値も高く、受験のときは半泣きになりながら勉強した。二部屋しかないアパートで、卓袱台《ちゃぶだい》の上でもらい物の参考書をひたすら解いた。「お母ちゃんがいると集中できないでしょ」と、母さんはいつも隣の部屋にいた。テレビもラジオもつけず、本を読んで過ごしていた。

地元の国立大学を出れば、県内の有力企業に就職できる。そんな安定した幸せな未来を、俺は自ら捨てようとしていた。

「東京の大学で、映画の、勉強がしたい」

俺の言葉に、母さんは驚かなかった。俺と同じようにスクリーンをぼうっと見つめて、「あらそう」だなんて言うのだ。

あらそう、だなんて。

「そう思っちゃったなら、しょうがないね。マキ、映画大好きだもんね」

嫌だ嫌だって思いながら大学行くの、大変でしょ？　そう言う母さんは、今日の夕飯の献立でも決めるみたいな口振りだった。

母さんは怒るだろうか。悲しむだろうか。呆れるだろうか。エンドロールが流れている間、ずっと考えていた。でも薄々わかっていた。母さんはそのどれとも違う反応をすると。わかっていたから、きっと俺は言い出せたのだ。

「学費とか、生活費とか、全部、自分で何とかする」

「肝心の映画の勉強が疎《おろそ》かになったらもったいないから、無理しちゃ駄目よ。マキが映画監督になって、撮った映画がここでやるってなったら、一緒に観に来ようね」

母さんはそんな風に、俺の夢を応援するのだ。

「そのときは、ポップコーンもジュースも、一人一個ずつ買おうね」

俺の持ったポップコーンのカップを指先でツンと突いて、母さんは笑った。

「二つもいらないよ」

首を横に振ると、下唇が震えた。カップを握り締めて、両足に力を込めて踏ん張った。カップに皺《しわ》が走って、歯を食いしばらないと嗚咽が漏れてしまいそうだった。でも、そうするわけにはいかなかった。

「ポップコーンもジュースも、二人で一個でいいよ。二人で分ければいいよ」

俺はこれから、母さんをこの北の寒い街に一人残し、東京へ行く。大学を卒業してからも、東京で映画を撮り続ける。年に数回しか帰省しなくなる。母さんが日本人女性の平均寿命まで生きるとして、あと四十年ほど。母さんに会う回数も、もしかしたら四十回程度になってしまうかもしれない。

大学を中退したいと告白した日、そんなことを考えていたっけと、バスの中で肩を震わせた。四十年どころじゃなかった。母さんは俺がムサエイに入学して二年と半年後、癌で余命一年を宣告されたのだから。

バスは中心街へ入った。桜ヶ丘シネマはとっくに見えなくなった。街で一番栄えている場所だというのに、シャッターを閉めてしまった店ばかりが目立つ寂しい景色が、流れては消えていく。

桜ヶ丘シネマは、近々潰れるだろう。

母さんとあそこで映画を観ることは、もうない。

俺の映画があそこで上映されることも、ない。

＊　＊　＊

午前中に母さんを見舞って、二宮の叔母さんに会いませんようにと祈りながら病院を出て、そのまま駅へ向かった。

バスの中でも新幹線の中でも、ひたすら鉛筆を動かした。脚本の修正は昨日のうちに終えた。絵コンテ用の枠が印刷された白い紙に、がりがりとひたすら絵を描き続ける。芯が磨り減って使い物にならなくなったら新しいものに替え、隣に乗客が座っていようと関係なく、ひたすら右手を動かした。

東京行きの新幹線に乗り込んで数分で、先の尖った鉛筆がなくなってしまった。仕方なく、鉛筆削りで平たくなってしまった鉛筆を一本ずつ削った。

わかっている。いいアイデアが降りてきて筆が進んでいるわけじゃない。見たくないものを見ないために、考えたくないことを考えないために、俺は描いている。

右手は鉛筆の芯で真っ黒になっていた。白いテーブルに触れると、黒く汚れてしまう。絵コンテはすでに終盤に入っている。東京に着く頃までには描き終わるはずだ。

これを持って、北川のところに行かないと。北川は何と言うだろうか。また顔を曇らせるだろうか。俺は、そんな北川に何と言えばいいのだろう。

鉛筆を削り終えたとき、鞄に放り込んでいたスマホが鳴っているのに気づいた。

「うっ……」

小さな画面に表示された北川賢治の名前を見て、唸り声を上げた。

電話だった。絵コンテを鞄にしまい、いそいそとデッキへと移動する。スマホが鳴り止むことはなかった。

「――もしもし」

『いきなり悪いな』

北川と電話なんて久々だ。電話なんて使わなくても連絡を取る手段はいくらでもある。だからこそ電話は特別で、緊急性があって、ちょっと怖い。

『今日、東京に帰ってくるんだっけ？』

遠く離れているからだろうか、それとも新幹線の中だからだろうか。電話の向こうの北川の声は、実際に聞くよりもずっと籠もっていて、沈んでいるように感じた。

「今、新幹線の中」

盛岡のあたりかな？　そう続けると、北川は「そうか」と言ったきり黙り込んでしまう。新幹線がトンネルに入る。窓からの光が遮《さえぎ》られ、わずかに車内が暗くなった。

短いトンネルだったようで、すぐにまた明るくなる。

『じゃあ、東京駅につくのは夕方だな』

そうだね。言いかけた声に、北川が息を吸う音が重なる。

『ちょっと話さね？』

いつもと違う声で発せられる北川の言葉に、心臓が跳ね上がる。

「えーと、直接？　顔を合わせて？」

『新宿でどう？』

北川が何を話したいのかは、容易く想像できる。卒制のこと、脚本のこと、絵コンテのこと、これからのこと。もしかしたら、もっと根本的なこと。お前には卒業制作の監督は無理だと、そう突きつけられるのかもしれない。

「わかった。何時に、どこ行けばいい？」

でも、逃げるわけにはいかない。俺は北川と向き合わないといけない。

五時半に新宿駅の周辺で。店は北川が決めるから、あとでまた連絡が来る。それだけを決めて、電話を切った。

しばらく、無人のデッキで自分のスマホを眺めていた。

東北新幹線は定刻通りに東京駅に到着した。中央線で新宿まで行くと北川との約束より早く着いてしまうから、あえて大回りで時間がかかる山手線に乗った。それでも新宿駅に着くのは早かった。新幹線が郡山《こおりやま》を通過したあたりから雨が降り出していて、すでに新宿も本降りの雨になっていた。

早く着いたと連絡を入れると、すでに北川も新宿にいたらしく、店の名前と地図が送られてきた。新宿駅と新宿三丁目駅のちょうど真ん中にあるカフェだった。

木製の丸テーブルが並び、綺麗な色のランプが天井からぶら下がる店内は、黄色と白の明るい色調で統一されている。卒業制作で撮る映画の話なんて、笑ってしまうくらい似合わない。

北川は、二人掛けのテーブルでスマホをいじっていた。テーブルの上には透明なガラスポットに入った紅茶まである。ポットを二、三回揺らし、カップへと中身を注ぐ。俺が近づくと、いつも通り「お疲れ」とスマホをテーブルの隅に置いた。

「いきなり悪かったな」

北川がメニューを渡してくる。開いたはいいものの、そこに並ぶ紅茶の数々は暗号か異国の言葉の羅列にしか見えなかった。やっとのことでカフェオレらしきものを見つけて、それを注文することにする。

「あ、すいませーん。一緒にこのクレームブリュレも二つください」

やって来た店員にそう告げた北川に、思わず俺は「どうしたの」と聞いていた。

「……北川、『アメリ』でも観た？」

冗談のつもりで言ったのに、北川は真顔で「そんな感じ」と頷く。

「考え事してると甘いものほしくなるじゃん？」

「それは、そうだけど」

彼の意図が読めなくて、俺はしばらく店内の様子と北川の顔を交互に観察した。そうしている間に、トレーを持った店員が再び近づいてくる。

「……なんだこれ」

どんぶりのような容器に入ったカフェオレが目の前に置かれ、俺は呆然とそれを見下ろした。北川が微かに吹き出す。その声に、少しだけ安心した。

「カフェオレボウルって、そういうものなんだよ」

今ひとつ釈然としないまま、カフェオレボウルを両手で持って口へ運ぶ。中身は普通のカフェオレだった。ますます納得がいかない。

クレームブリュレが届くまで、他愛もない話をした。本当に、他愛もなかった。最近暑いな、雨ばっか降るな。世界に何の影響も与えないような、どうでもいい話を。

北川とどうでもいい話をしたのはいつ以来だろう。考えなくてもわかる。卒制の監督が俺になった日だ。あの日から、俺は監督に、北川はプロデューサーになってしまった。久々に、暑さが鬱陶《うっとう》しいなんて話ができた。

しかし、丸い器に入ったクレームブリュレが運ばれてきて、そんなやりとりがすっと途切れる。ああ、来る。

北川の目がこちらの様子を窺《うかが》うように動く。


「卒制のことだけど」

スプーンを手に取ったまま、北川の目がこちらの様子を窺うように動く。

「いろいろと話さないといけないことがあると思って、僕等」

床に置いたリュックサックを漁《あさ》った。脚本と手描きの絵コンテを取り出す。手をつけていないクレームブリュレと、一口しか飲んでいないカフェオレボウルをテーブルの端によけて、それを北川に差し出した。

「遅くなって、ごめん」

北川は何も言わず、まず脚本に目を通した。一枚ずつ、一行ずつ、一文字ずつ、じっくり見ていく。見終わったものはテーブルに伏せていく。脚本を読み終えたら、次は絵コンテも同じように見ていく。

断頭台への階段を一段ずつ上っていく気分だった。たかが卒業制作なのに。そう言う二宮の叔母さんの顔が思い浮かぶ。でも、他人にどう思われようと俺にとってはやはり、生死とか運命とか人生とか、それに匹敵するくらいの意味を持つものだった。

これは、母さんが生きている間に撮る、最後の映画だから。

北川は絵コンテをすべて見終えると、もう一度頭から目を通していった。それを二度繰り返して、北川は脚本と絵コンテをすべてテーブルに置いた。

「ありがとう」

北川が俺に深々と頭を下げてくる。

「家からここまで、安原がコンペのプレゼンで使った資料を読んでたんだ」

「ああ、あの、文字ばっかりのやつ」

「ごちゃごちゃ格好悪いこと考えないで、ちゃんと読もうと思って。まあ、結局、格好悪いことを考えるんだけどさ」

「格好悪いこと？」

俺が首を傾《かし》げると、北川は乾いた笑い声を上げた。

「僕が監督ならこうするのにとか、どうして僕が監督じゃないんだとか、正直言うと今も思ってる。多分、撮影が始まっても、思ってる。そういう格好悪いこと」

真っ白なカップに注がれた紅茶を飲みながら、北川は続ける。ふんわりと、桃のようなオレンジのような香りが漂ってきた。

「そういうことを考えないで、ものわかりのいい奴の振りしてるのも、格好つけてて格好悪いんだけどな。どうせ格好悪いなら、自分なりに建設的というか、物事を前に進められる格好悪さの方が、まだ救いがあるかなって」

格好つけてて、格好悪い。北川の口からそんな言葉が出てくるなんて、思いもしなかった。

「俺だって、卒制の監督は、北川だろうって思ってた」

「本当かよ」

「それと同じくらい、俺が監督をやりたいとも、思ってたけどさ」

だから北川にプロデューサーを頼んだ。不安だった。俺が卒業制作のリーダーになれるだなんて思えなかった。北川が何とかしてくれるんじゃなくて、北川と一緒なら、俺も何とか卒制を完パケに導くことができるんじゃないかって。

いや、それだけじゃない。北川となら、完パケよりもっと先に行けるんじゃないかと、思ってしまう。もっともっと、俺が想像もしていないような場所に。

「卒制ってさ、最終的に、映画館で上映会するんだよね？」

「一応大学関係者だけじゃなくて一般客も入れるようにするらしいけど、毎年毎年、関係者しか来ないらしいな」

「そんなんで、いいのかな」

ムサエイとなんら関係ない一般の人が、ムサエイの学生の卒制を観にわざわざ映画館に来るだなんて。上映会がそんなに多くの人で盛り上がるなら、ムサエイが潰れるなんて噂は生まれないだろう。

「なあ北川、例えば……なんだけど」

「例えば？」

「うちの地元の映画館で、卒制を上映することって、できるかな」

「突然何だよ、お前」

そう言う割に嬉しそうな顔で、北川は紅茶のカップに口を寄せる。目を伏せる。眉間にわずかに皺を作る。真剣に思案しているのだ。「うちの地元にある映画館でムサエイの卒制を上映する方法」を。

数分の沈黙の末に、北川は顔を上げる。

「大学生がちょっと面白い映画を撮りましたって話題になる程度じゃ駄目だろうな」

「そう、だよね」

カフェオレボウルの縁に手をやって、溜め息を堪えた。桜ヶ丘シネマで『終わりのレイン』を上映する方法なんて、あるわけがない。

「なんで地元で上映したいんだよ。高校のときの友達にでも観せたいの？」

「まあ、そんなところ」

母さんの顔が脳裏に浮かぶ。でも、本心をすべて話す気にはなれなかった。一体どれだけの時間がかかるのか。もしかしたら、話しながら俺は泣くんじゃないか。

「安原でもそんなこと考えるんだ」

俺は母さんの余命のことを、友人に話したことはない。もちろん、北川にも。

「そうだなあ……」

ポットから新しい紅茶をカップに注ぎながら、北川がふっと笑った。同時に、先程よりずっと強い果物の香りが漂ってくる。

「カンヌ」

夏の日差しに輝く海を高台から見下ろしているような、そんな気分になる香りだった。その向こうから、北川は確かにそう言った。

カンヌ、と。

「……は？」

「カンヌ国際映画祭に正式ノミネートされました、なんてことになったら、全国で上映してもらえるんじゃないか？」

潰れかけの武蔵映像大学の卒業制作が、カンヌ国際映画祭に正式にノミネートされた。胸の内で北川の言葉を反芻しても、全く想像がつかなかった。『終わりのレイン』が、カンヌ国際映画祭にノミネートされること。自分がカンヌに行くこと。『終わりのレイン』を、世界中から集まった人々が観ること。

ただ一つ、桜ヶ丘シネマで『終わりのレイン』が上映されることと、母さんがにこにことそれを観ているのは、思い浮かんだ。叩きつけられるように、鮮明に。

同時に、思い出す。頰を打つ鋭くて力強い雨を。どんよりと重たい雲を。大学一年のときの実習を。嵐の中、北川にカメラを向けられたことを。

「北川って、あのときもカンヌって言ってた」

「一年のときの『三分間エチュード』の実習だろ？」

北川の口からすんなりと当時のことが飛び出してきて、俺の方が面食らった。

「あれな、安原を初めて怒らせたときな」

「北川、いい絵が撮れたから、これでカンヌでパルム・ドールだって言ってた」

カンヌ、か。

声に出さず、口の中で呟く。カンヌ。カンヌ。カンヌ。繰り返すことで、自分の中でその三文字が重みを増していく。どんどん、輪郭がはっきりとしていく。

「どうすれば行けるんだろう、カンヌって」

「二人で貧乏旅行なら、ちょっと頑張ってバイトすれば稼げるだろうけど」

でも、そうじゃないだろ？　北川はそんな顔をしている。

「いいんじゃないか？」

俺の本心を、しっかり見抜いている。

「『終わりのレイン』で、カンヌに行こう」

あっさりと、言葉にする。軽やかなのに確かに芯があって、本当にできるような気がしてしまう。そこが堪らなく羨ましいと思った。俺も、こんな軽やかさがほしい。しなやかさがほしい。

「俺なんかが監督で、カンヌに行けるかな」

「別に、カンヌは誰だって応募できるんだから、遠慮しなくていいだろ。『終わりのレイン』の監督は安原なんだから、安原の信念に則って撮ればいい。それでカンヌに出品する。お前の地元で上映されるような結果を出す」

絵コンテを抱き上げるようにして、北川が笑った。久々だった。こいつがちゃんと笑うのを見るのは。

「今年のムサエイの卒制の監督は安原だ。いい監督っていうのは、自分の企画を誰よりも信じられる奴だって、大学に入学してから散々言われただろ？」

俺を指さし、その指で、今度は北川自身を差す。

「僕はプロデューサー。プロデューサーの仕事は人を巻き込むこと。いろんな人をその気にさせてお祭りに参加させて、それぞれに一番いい形で能力を発揮してもらうこと。それがプロデューサーの腕の見せ所だって、親父がよく言ってるんだ」

そうなのだとしたら、北川の手腕は見事だった。安原組にあんなに優秀なスタッフが集まったのは、北川がプロデューサーとしてみんなをその気にさせ、巻き込んだ結果だ。俺には絶対にできない芸当だった。

「なのにさ」

自分自身を嘲笑うように、北川は俺を見る。

「肝心の、監督である安原を、全然その気にさせられてなかった」

だからなのか。俺を「その気」にさせるために、カンヌを目指すというのか。

「北川は？」

堪らず、そう聞いていた。

「北川は、プロデューサーとして、自分をどうやってその気にさせるんだ」

本当は自分が監督をやりたかったのに。作りたい作品があったのに。

「カンヌくらい無謀な目標がないと、この沈みきったテンションと砕け散った自信をカバーしきれないから。ありがたいくらいだ」

「本当に？」

「ホントに」

確かに、北川は首を縦に振る。

「高島先生の言葉を真に受けるわけじゃないけど、ムサエイの意地ってやつを、いろんな人に知らしめてやりたい気分なんだ。僕が監督になれないくらい、ムサエイは凄いんだって。本当は監督がやりたかったってぐじぐじ悩むくらいなら、そう開き直れるような結果で終わりたい」

やってみようぜ、と笑う北川を見ていたら俺は、やっと、やっと肩の力が抜けた。

「安原監督の思うようにやってみろよ。プロデューサーとしてこうしてほしいとか、これじゃあまずいとか、そう思ったら遠慮なく僕は意見する。お前は自分の意見をちゃんと言ってくれ」

困ったら、またこうやって話そう。そう言って北川は、冷め切ったクレームブリュレの器を自分の手元に引き寄せた。すっかり存在を忘れていたクレームブリュレに、俺も手を伸ばす。

「カンヌを目指すなら、一コマだって妥協しちゃ駄目だね」

「そうだな」

ひんやりと冷たいスプーンを摑み、カラメルに振り下ろす。ぱきん、という心地のいい音がして、カラメルにヒビが入った。

「今まで散々言われたもんな」

北川も同じようにして、スプーンで掬って口へと運ぶ。

「日本の映画業界は撮影所システムが崩壊して、職人の師弟関係がなくなって、人材育成の場がなくなったって。こうやって僕等が大学で映像制作を学んだって、業界に入ってやっていける確証なんてない。それなりの実績と作品を引っ提げて殴り込んでいかないと、誰も僕等のことなんて見てくれない」

北川の言いたいことが伝わってきて、思わず笑った。

「卒制が、カンヌで上映されたら、みんな俺達に気づいてくれるかな」

「嫌でも気づかせてやるさ」

「ムサエイも、いい意味で有名になるね」

「志願者が増えて経営難も脱出。安原組はムサエイのヒーロー。ムサエイのＯＢからも一目置かれること間違いなし」

「凄い、いいことばっかりだ」

頬張ったクレームブリュレは、むせ返りそうになるくらい甘かった。脚本を修正し、絵コンテを描き続けた脳と体には、その甘さがとても愛しいものに感じられた。

カラメルを嚙むと、ぱりぱりとこれまた小気味いい音がする。

「主演は双海さんで、奈々は入田さんがいい」

「わかってるよ」

安心しろよ、と北川は苦笑いする。ほっと胸を撫で下ろして、クレームブリュレを頰張った。

「双海大樹は難敵だから、覚悟しとけよな」

にやりと笑った北川の口は、綺麗な半月の形になっていた。

◇北川賢治

「親父殿」

親父が帰宅したと玄関からの物音で気づいて、リビングのドアを開けた。今夜は蒸す。日が落ちても気温が下がらない。麻のジャケットと鞄を小脇に抱えた親父は、わざわざ出迎えた僕に何かを察したようだった。

「金の無心か？」

「親父殿は自分の息子を何だと思ってるんですか」

映画会社に勤める親父には、映画業界を志した頃からあれこれと知恵を貸してもらったり、手間を掛けさせてはいる。だが、金の無心をしたことはない。

「卒制の予算を食いつぶしたのかと思って」

にたにたと笑いながら、親父はリビングの大きなソファに飛び込むように腰掛けた。

「お母さんは？」

「風呂」

「乃々香は？」

「バイト」

どこに座るべきか一瞬迷って、親父の斜め前の一人掛けソファに腰を下ろした。

「飯、食ってきたんでしょ？」

「ほとんど酒だったけどな」

ほんのり赤ら顔の親父の前に、ずっと抱えてきた紙製の箱をぽんと置く。

「では、締めにカツサンドでもいかがですか」

蓋を閉じていたテープを剥《は》がし、中身を親父に見せる。親父が大好きなカツ専門店のビーフヒレカツサンドだ。こんがりとトーストした食パンに、薄い衣をまとったヒレカツが挟まっている。

これを僕が献上する意味を親父はよく理解している。黙ってカツサンドを見下ろした親父は、こちらを流し見た。

「お前、今度は何を企んでる？」

息子が何を言うのか心底楽しみにしている、という顔で。

「カンヌってさ、どうやれば行けるかな」

映画業界に身を置く親父が、これをカンヌに観光に行くことと捉えるわけがない。わずかに目を見開いた親父は、すぐにこちらを値踏みするような顔になる。こうなったら親父はもう、父親ではない。一人の映画プロデューサーで、一人のビジネスマンで、息子を自分と同じ土俵に容赦なく乗せるのだ。

「面白いから、もう少し続けろ」

そう言って、親父はカツサンドの箱に手を伸ばす。小さめにカットされたカツサンドを摘《つま》んで、一口囓《かじ》る。しっかり飲み込むのを見届けてから、続けた。

「もうすぐ卒制の撮影が始まるんだ。九月中に撮影を終わらせて、十二月に完成させる。それを来年の一月締切のカンヌ国際映画祭に応募して、ノミネートを狙いたい」

そこまで言っても、親父は瞬き以外、特に表情を変えなかった。さすが親父殿だ、と笑いを嚙み殺す。

「一月が締切ってことは、シネフォンダシオン部門に応募するってことか」

「その通り」

カンヌ国際映画祭。

ベルリン国際映画祭、ヴェネツィア国際映画祭と並ぶ、世界三大映画祭の一つ。フランス南東部、地中海に面する都市・カンヌで開催され、フィルムの国際見本市も同時開催されるから、世界中から映画関係者が集まる。当然、全世界のマスコミから注目される。最高賞「パルム・ドール」を競うコンペティション部門を始めとしたさまざまな部門が存在し、その中に学生作品を対象とするシネフォンダシオン部門がある。狙うのは、このシネフォンダシオン部門でのノミネートだ。

「今年は約二千六百本の応募があって、その中から十六本がノミネートされた。卒制で、この十六本の中に残りたいんだ」

「目的は」

僕の呼吸を断ち切るように、親父は問う。

「ムサエイを潰さないため」

ぴくりと、親父の眉が痙攣《けいれん》したように動いた。テーブルの隅に置いておいた愛用の

ＭａｃＢｏｏｋを手に取り、親父に画面を見せる。このために、わざわざ資料を作っておいた。

「三年前、日東大芸術学部の学生の作品がノミネートされたとき、大々的なニュースになった」

まず、当時のニュースの検索結果を見せる。画面いっぱいに並んだ「日本人学生、カンヌ国際映画祭へ！」という見出しを、親父はカツサンドを囓りながら見つめた。

「次に、日東大芸術学部映画学科の志願者数を調べてみた。翌年の入試から志願者がぐんと増えてる。この年に日東大は学費を値上げしてるのに、だ。映画作りに興味がある連中が、カンヌの影響を受けてこぞって日東大を志願したとしか思えない。同じ年、ムサエイの入学者数はついに七十人を割った。一学年定員百四十人の大学の入学者が、六十四人になった」

手製のグラフを交えて説明すると、親父の口から「ふうん」と声がこぼれる。

「僕等の卒制がカンヌにノミネートされれば、ニュースになる。経営難で潰れるなんて言われてた分、結構ドラマチックにマスコミも扱ってくれるんじゃないかと思う。ていうか、そうなるようにこっちも演出してやるつもり」

「それで、ムサエイを閉校の危機から救う、ってか？」

「学校を救うために学生が立ち上がるなんて、よくあるストーリーだろ。べたべただけど、でも、こういうのが好きな人って、多いよね」

身を乗り出し、親父の顔を下から覗き込む。ほとんど無表情に近い顔をしていたが、僕はそれなりの手応えを感じていた。

「よくわかった。けど、お前って監督じゃなくてプロデューサーなんだろ」

「そうだよ」

コンペで負けたこと。卒制の監督は友人の安原槙人であること。親父はすでに知っている。

「監督も、お前と同意見なのか」

「あいつはカンヌがどうこうじゃなくて、自分の地元で卒制を上映したいみたいなんだ。そのためには、カンヌくらい行けないと話にならないでしょ？」

再び親父は「ふうん」と鼻を鳴らす。素っ気ない反応だが、こうして反応を示すのは、それなりにこちらの話を面白がっている証拠なのだ。二十二年も一緒にいれば、わかる。ほしいものを買ってもらうとき、やりたい習い事があるとき、行きたい高校や大学があったとき、僕と妹の乃々香は、こうして親父にプレゼンしてきた。プレゼンで親父を納得させられれば、ほしいものが手に入る。それが北川家のルールだ。

「正直なことを言うと、僕は監督をやりたかった。でもなれなかった。だから、プロデューサーとして何か大きなことをしてやらないと、気が済まないんだよ。安原は僕に勝って監督になったんだ。カンヌくらい行ってもらわないと、納得いかない」

両腕を組んで言うと、三つ目のカツサンドを手にした親父がぷっと吹き出した。

「賢治」

こちらをからかうような視線を送ってくるけれど、それも織り込み済みだった。

「お前が突然カンヌと言い出した本当の理由は、そっちなんじゃないのか？」

「わかる？」

僕もカツサンドに手を伸ばし、大口を開けて頬張る。できたてではないけれど、親父の好物なだけあって、美味い。

「でも、ムサエイをどうにかしたいのも、本心。自分が通った大学が潰れるのを指を咥えて見てました、なんて、現場に入ってからOBの皆様方になんて言われるか」

お前達がしっかりしてればムサエイは潰れなかったのに。若い奴らは駄目だ。俺達の頃だったら……なんて好き勝手なことを言われるのは、面白くない。

「そこで、まずは実際にカンヌに行ったことのある親父殿に、どうすればカンヌに行けるのか意見をもらいたくて」

カツサンドを咀嚼《そしやく》する親父の顔を見据えたまま、僕は頭を下げた。嫌だと言われたら、いろいろと説得の材料は用意してある。でも、多分使わないで済むだろうな、という予感があった。少なくとも、ここまでのプレゼンには手応えがある。

親父は、ムサエイに入りたかったのに両親に許してもらえず、一般の大学に進学した過去を持つ。僕がムサエイに入りたいとプレゼンをしたときも、上機嫌だった。ムサエイの経営難をニュースで知ったときも「機材が使い放題だな!」と笑っていたが、恐らく、内心は思うところがあったはずなのだ。

「監督にはカンヌは意識させるな」

親父の言葉を一言だって聞き漏らすまいと、その口元に注目する。

「こうすると客が入るとか、喜ぶとか、そんなこと考えるな」

「わかりやすさとか、観る人の共感を得られるようにとか、考えなくていいってこと?」

「サービス精神旺盛なお前には難しいことかもな」

確かに、そうかもしれない。僕は自分で脚本を書くとき、映画を撮るとき、観る人がどうなれば楽しいかを考える。映画を観終わった後、一人でも多くの人間から「面白かった」「泣いた」「興奮した」と言ってもらえるなら、そこに「自分らしさ」なんてものはなくたって構わない。

「なら大丈夫だ。安原は、僕とは違う」

こうすれば面白いとか、みんなが好きになってくれるとか、あいつはそんな考えで映画を撮らない。ただひたすらに、自分が映画を通して描きたいと思ったものを、一心に追い求める。観客のことも、下手するとスタッフのことも度外視で。

「カンヌに行きたい、ノミネートされたい。そう思えば思うほど、指の間からこぼれ落ちていく。監督はそんなこと考えなくていい。ただひたすら、自分の映画を探究すればいい」

「なるほど」

ソファに体を預け、天井を仰ぐ。

「僕にできるのは監督に存分に映画を撮ってもらうためのお膳立てってことね」

そう考えると、結局やることは変わらない気がした。

「当てが外れたか？」

「いや、こうすれば審査員に気に入られる、なんて攻略法があるとも思ってないし」

ただ、明確な筋道は見えた。

「一丁前に、生意気な」

そんなに甘くねえよ。そう言いたげな親父の顔に、「わかってるよ」と投げかけた。

だが、甘くないとわかっているからこそ、今、胸の奥が温かいのだ。嫉妬の炎よりも大きく、燃えているのだ。やってやろうじゃん、という気持ちがガソリンになって、北川賢治を動かそうとしている。

「また相談します」

最後のカツサンドが残った箱を親父の方へ押し、ソファから立ち上がる。親父は遠慮なく最後の一切れを口に放り込んだ。

これから完パケまで、僕は向き合い続けるのだ。安原槙人という映画監督に。安原槙人という人間に、彼の人生に、想いに。果たして僕は、そこから何を得るのだろうか。いや、もしくは何かを失うのだろうか。

そんなことを考えながら、リビングを出て自分の部屋へと向かった。

二、あの監督の現場に入るのは怖い

◇北川賢治

カチンコが鳴る瞬間の空気は、不思議だ。

体の中にあった血液が新しいものに入れ替わって、熱く煮えたぎる。遅れて、わずかな身震いが降ってくる。

今日何度目かのカチンコの音を、そう思いながら聞いていた。

「――カット！」

木造の古びたアパートの一室に、安原の声が響く。僕はダイニングの隅で撮影を眺めていた。スタッフ一人ひとりの動きがよく見えるのだ。

安原と『アメリ』ごっこをした日から、あっという間だった。キャストの決定に始まり、ロケハンや撮影準備に追われた。夏休みが始まり、いよいよ九月になった。昼も夜も関係なく容赦ない気温が続く九月。今日、『終わりのレイン』はクランクインを迎えた。

「双海さん」

主役である羽田野透役を務める、双海大樹に歩み寄った安原は、床に座り込んだ彼を見下ろす。長身の安原に見下ろされ、双海は安原を仰ぎ見る形になった。

「動きは、今のでいいんですが、もう少し、焦ってもらいたいです」

安原の言葉に双海は瞼《まぶた》を痙攣させるようにして瞬きをし、額の汗を拭った。

「監督の指示通りにしたつもりですけど」

鋭い棘《とげ》を感じさせる声色で、双海は言う。

今日撮影するのは、主人公である羽田野透が自宅アパートで、将来が見えず卒業制作も進まず、悶々と過ごすシーン。初日ということで、だいぶ余裕のある撮影スケジュールになっていた……はずなのだが、僕は腕時計で時間を確認した。あんなに余裕のあるスケジュールだったのに、気がつけばカツカツになってしまった。

「今の羽田野からは、上手く行かないことへの苛立ちとか……そういうのはしっかり伝わってきます。でも、焦りがないんです。怒りとか憤りだけじゃなくて、どうしようどうしようっていう焦りとか、このまま絵が描けなかったら、っていう恐怖感がほしいです」

考え考え、ときどき突っかかりながら話す安原の顔を、双海は真っ直ぐ見ていた。ただ、よくわかる。安原の言葉が双海の中に入っていかないのが。

あー、見ていてもどかしい。僕が出て行って、安原に「要するにこういうことだろっ？」と問いただし、双海に「つまりこういうことですから！」と言ってやりたい。

それを堪えるのも、やはり今日何度目かのことだった。

「そんなこと、リハのときは言ってなかったですよね」

「それは、すみませんでした」

素直に頭を下げた安原から、双海が顔を背ける。その口が微かに動く。音のない舌打ちだった。ああ、こういうことか。僕はああやって、舌打ちしてたんだ。

「後出しばっかりされたらやってる方は堪らないって、想像できませんか」

嫌みったらしい言い方に、安原が「はい、すみません」と再び頭を下げる。

「でも、俺はここで、羽田野に焦ってほしいです。今演じてくださったように、怒ってもほしいです」

お願いします、と再三頭を下げた安原の横から、サード助監督の木脇がすっとミネラルウォーターのペットボトルを差し出す。

「とりあえず、水分補給してください」

不機嫌そのものという顔の双海ににっこり微笑んだ木脇は、タオルも渡してやる。

おかげで安原と双海の間にあった——正確には双海から安原に一方的に向けられていた刺々《とげとげ》しい空気が、ほんの少し和らいだように錯覚する。

「もう一度、お願いします」

もう一度。今日何度、これを聞いたことだろう。安原はクランクイン初日から容赦がなかった。今日は主役の双海しか出番がないけれど、少しでも自分の思った絵が撮れなかったら、何度だってリテイクしてやるという顔をしていた。それに付き合う役者もスタッフも、当然、しんどい。本当ならそこに折り合いをつけて、周囲の人間のモチベーションを下げることなく進行させるとか、とことんやるなら後々ちゃんと相手をフォローするとか、そういうことが必要なのだけれど。

「無理だよなあ……」

安原にそんな芸当を求めるのは無理があると、僕自身が一番よく知っている。なら、あとでこっちがやるしかない。

撮影に使っているアパートの一室は、蒸し暑かった。狭い台所と、四畳ほどのダイニング、六畳間があるだけだ。エアコンは設置されているが、電源は入っていない。

六畳間には羽田野を演じる双海と監督の安原、カメラや照明、録音のスタッフが数人いるだけだが、ダイニングにはそれ以外のスタッフがひしめき合っている。九月上旬にこんな状態でいたら、暑くないわけがない。全員が、肌にじっとり汗をかいている。年季の入った木造アパートは、鼻の穴にまとわりつくようなじめっとした香りがした。

「じゃあ、本番行きます」

安原からの合図を受け、セカンド助監督の橋本が部屋の外まで聞こえるように「本番始まりまーすっ！」と叫ぶ。「本番です」「本番行きます」と言葉はどんどん伝言され、アパートの外にいるスタッフにまで届く。

木脇がカチンコを構える。カチンコを打つのはサード助監督の仕事だ。その黒板部分には、シーン番号、カット番号、テイク数がチョークで殴り書きされていた。

「シーン1の3の5、用意」

箱馬に腰を下ろした安原が、脚本を片手に双海の横顔を睨みつける。そんな安原のことを、双海が睨み返した。スタッフ全員が、息を止める。

双海だけが、大きく息を吐き出す音がした。

「カメラ、回りました」

撮影監督の原田がカメラから目を離すことなく言う。

「よーい……スタート！」

安原の声に合わせ、木脇がカチンコを鳴らす。カン！　という乾いた心地のいい音とは裏腹に、胃が、心臓が、耳の奥が、きゅっと締め付けられるように痛んだ。

何の変哲もないアパートの一室は、安原組のスタッフによって美大生の部屋に生まれ変わった。六畳の畳部屋は画材や羽田野の描いた作品があふれている。この部屋で油絵が描かれたことなどないだろうに、部屋中から、油絵の具の匂いが漂ってくる。

畳の上で胡座《あぐら》をかいた羽田野は、壁に立てかけた巨大なキャンバスを見上げる。真っ白だ。周囲には絵を描くための道具が転がっているが、彼はそれに手を出さない。ただひたすら、目の前の真っ白なキャンバスを見つめる。キャンバスに彼の方が飲み込まれてしまいそうなくらい、その横顔には焦燥や困惑、自分自身への憤りの色が浮かんでいる。

頭を抱えた彼は、畳を拳で叩きつける。ずりっ、と畳と手が擦れる音がして、羽田野は顔を上げる。彼の顔には何かに追われているような確かな焦りが存在していた。彼の抱える濁った感情が、伝わってくるようだった。

羽田野の動きに合わせ、原田がカメラを動かす。ブームという長い竿の先にマイクを取り付け、録音の坂井マリが、呼吸すら止めているような顔で役者の声を拾う。

「――カット！」

安原の声に、カチンコの音が続く。張り詰めていた空気が、ほんの少し緩む。このわずかな緩みも、ずっと渦中にいると心地がいい。

同時に、僕はほっと胸を撫で下ろした。安原が次に言う台詞が、予想できたから。

「ＯＫです。ありがとうございました」

安原の声はそれでも、ピンと張り詰めていた。周囲のスタッフは「やっと次のカットに行ける」という顔で準備に入る。

息つく間もなく、次のカットへ移る。双海が安原の指示に合わせて台詞と動きを確認していく。撮影を担当する原田が右手をカメラに見立てて画角を探り、真剣な眼差しで何度も室内を行ったり来たりした。同じシーンでも、カメラが捉える角度が違えば、全く違う映像ができあがる。撮影監督として、原田は無限の選択肢の中から安原の理想に合致するものを、その鋭い目で選び取ろうとしていた。

照明の箕島純平が、照明助手の学生と共に照明のセッティングを変えに動き出す。木脇が双海に再び飲み物を持っていく。双海がそれをふて腐れた顔で受け取る。

「とりあえず、順調ってことでいいのかな」

近くにいたスクリプターの羽賀玉美が、撮影の記録をつけるための専用の用紙にペンを走らせながらそう呟いた。

「とりあえず、だけどな」

まだクランクイン初日だ。みんなそれなりに緊張感があり、体力も気力もある。双海だって、態度こそ悪いが安原の指示には従っている。

これが二日、三日、五日、一週間とたってどうなるか、だ。

「本当、とりあえず、だね」

笑いながら、羽賀がスクリプト用紙を見せてくる。スクリプト用紙には、撮影に関わるありとあらゆる情報や記録が明記されている。撮影日、カットナンバー、撮影したカットの順番、そのカットに設定されている時間、カメラの状態と動き、スタートからカットがかかるまでの時間、カットの始めと終わりはどういう絵なのか、カットの中で発せられた台詞、台詞以外にどんな音が鳴ったか、監督からの指示、OKかNGか。『終わりのレイン』の撮影がどこまで進んでいて、あと何の撮影が残っているか。それらを把握するために必要なものだ。

「真っ先に、安原がガス欠にならないといいけど」

その言葉は羽賀にも聞こえていなかったようだったので、独り言として片付ける。

撮影された映像は、ダイニングのテーブルに置かれたビジコンで見ることができる。僕は極力、ビジコンの画面で演技している双海を見るようにしていた。撮影監督である原田が画角にこだわっているだけあって、ビジコンを通して見る『終わりのレイン』は、安原が描いた絵コンテに沿って、少しずつ形になっていった。

そのビジコンを先程からじっと見つめている人物の横顔に、僕は声を掛けた。

「入田さん、立ちっぱなしで疲れません？」

『終わりのレイン』の奈々役、入田琴葉は、椅子を勧められても座らず、ビジコンを食い入るように見ていた。

「いえ、大丈夫です」

小さく会釈をして、入田さんはビジコンに視線を戻す。

今日は出番のない入田さんだけれど、撮影を見ておきたいと今朝から現場に入っている。台本を片手に双海を始め、スタッフ達の動きを目で追う。振り落とされないように必死なその形相《ぎょうそう》は、決して似ているわけではないのに、安原と被る。

首にかけたタオルで顔を拭う安原の後ろ姿を見つめた。安原は僕の視線になど気づかず、台本を捲りながら双海に必死に指示を出す。

目の前では何度かのリハーサルが終わり、ついにそのときが来る。

「それじゃあ、本番、よろしくお願いします」


「とりあえず初日は順調に終わったって感じだな」

チーフ助監督の篠岡が持って来てくれたスケジュール表を確認して、思わず胸を撫で下ろしていた。手元には、『終わりのレイン』の完パケまでの全体スケジュールと、撮影日ごとの個別のスケジュールがある。ひとまず当初予定した分を撮り終えることができたが、次はどうなるかわからない。

映画の撮影は、機材やスタッフの移動、撮影の効率を考え、脚本とは異なる流れで進めることがある。ただ、『終わりのレイン』はできる限り脚本に沿って撮影を行うことになっている。これは、安原のこだわりだ。

「何だか、随分カロリーを消費する撮影だったみたいだね」

明日は、羽田野と奈々の出会う河川敷のシーンの撮影だ。そこで使用する雨降らし用のタンク車の手配や、河川敷の使用許可といった手続きの最終確認を行っていた篠岡は、今日の現場を見ていない。

「双海さん、そんなにわがまま放題だったわけ？」

僕の隣に腰掛けた篠岡が、声を潜めて聞いてくる。スケジュール表から顔を上げて、僕は部屋を見回した。明日の撮影の確認のために一度大学へ戻って来たので、安原部屋には僕達だけでなく、助監督の橋本と木脇、そして監督の安原もいる。現場を駆け回った助監督の二人と、ずっと双海と対峙《たいじ》していた安原は、精根尽き果てたという顔でテーブルの隅に突っ伏していた。

「わがままっていうかさ、羽田野を演じてない間、基本的に態度が悪いんだよ」

こんな仕事、さっさと終わらせたい。スタッフと打ち解ける気なんてさらさらない。そんな本音を隠すことなく全身から発している。撮影終わりに僕も声を掛けたけれど、ほとんど無視する形で帰ってしまった。

そんな双海に、安原は真っ直ぐぶつかっていく。双海が怖いから納得のいかないままOKを出すなんてことはしない。だから双海は余計に苛々する。現場がその度に凍り付いて、木脇と橋本が慌てて場を和ませようとする。そんな場面ばかりだった。

「みんなで仲良くできないと嫌だってわけじゃないけど、空気のいい現場の方がストレスはないよな、普通に考えて」

「そりゃあそうでしょ」

テーブルに頬杖を突き、篠岡は安原と助監督の二人を見つめる。

「明日から、入田さんも入るじゃない？　彼女、大丈夫だと思う？」

一際声を小さくした篠岡に、肩を竦めた。

「どうだろう」

今日、入田琴葉は双海の演技をじっと見ていた。それに、作品全体の流れを確認するために脚本を頭から通しで読み合わせる本読みの作業を事前に行ったときも、双海とは顔を合わせている。双海がどういう態度で撮影に臨んでいるか目の当たりにしたわけだから、ある程度覚悟はしているはずだ。

安原は入田さんをぜひ奈々役にと推したが、僕はまだ彼女の演じる奈々にピンと来ていないのが、正直なところだ。

明日の屋外での大規模な撮影は、前半の山場だ。そこでわかるだろうか。安原が彼女を奈々にしたいと強く願った理由が。せめて、その片鱗《へんりん》だけでもいいから。

ずっとテーブルに突っ伏していた安原の体がむくりと動く。床に放り出されていたリュックサックからペットボトルのお茶を取り出して、一口飲んで、またテーブルに倒れ込む。その顔がほんのり赤らんでいることに気づいて、今日の撮影がいかにハードだったか改めて思い知った。

「みんな、今日はお疲れさま」

明日の分のスケジュールをひらひらと振って、声を張る。声が擦れそうになったのに気づいて、自分もそれなりに疲れているのだと気づいた。安原や橋本や木脇に比べたら全然動いていないはずなのに。

「明日の河川敷での羽田野と奈々の出会いのシーン、今日より絶対ハードになるから、頑張っていこう」

今日はこれで解散っ！　両手を突き上げて、立ち上がる。覚悟はしていたけれど、こんな日々が続くとなると、休めるときにさっさと帰って休んだ方がいい。

「安原」

通学用に使っているトートバッグを抱えて、動く気配のない安原の肩を叩く。

「飯食って帰ろう」

安原のリュックを背負って、「ほら」と背中を叩くと、やっと安原は腰を浮かせた。安原の向かいに座っていた木脇と目が合う。「お疲れ」と手を振られた。

「何食う？」

後ろを歩く安原に問いかけると、安原の手がすっと伸びてきて僕の背負うリュックを取り上げた。自分の荷物をしっかり背負って、安原は一言「食欲ゼロ」と俯く。

夏休み期間中の校舎は、ひっそりとしていて声がよく響く。秋学期が始まったところでたいした数の学生もいないから、もの凄く賑わうということもないのだけれど。

ついこの間まで七時頃でも明るかったのに、九月に入ったと思ったら暗くなるのが一気に早くなった。でも、気温は高い。外に出た途端、体に張り付くようなねっとりとした熱気に顔を顰めてしまう。自転車を押しながら後ろをついてくる安原も、同じように顔を歪めていた。

「ラーメンでも食うか」

こういう日にさっぱりと冷たいものなんて食べても仕方がない。真逆のものを胃袋に突っ込んだ方が元気が出る。

「めちゃくちゃ辛いやつなんてどうよ？」

「今、そんなの食ったら、多分ショック死する」

「そんな冗談言える元気があるなら、ラーメンくらい入る入る」

駅前に激辛ラーメンの店が先月オープンした。まだ行ったことがないし、ちょうどいい。

「安原監督、初日から飛ばし過ぎ」

駅に向かう並木道に入ったところで僕は言った。自転車に体を預けるようにしてとぼとぼと歩いていた安原が、わずかに顔を上げる。

「そう思うなら、どうして撮影中に止めなかったんだよ」

「安原が妥協しないで容赦なくやることが、いい映画になる第一歩かなと思って」

「カンヌに、行くため？」

安原の問いに、大きく頷いてみせる。

「結局、監督がとことん自分と向き合って、泥臭く作るしかないんだから」

「でも、俺達以外のみんなは、カンヌに出品するなんて、知らない」

『終わりのレイン』が完成したら、カンヌ国際映画祭のシネフォンダシオン部門に出品する。卒業制作のもう一つの目的を知る人間は、僕と安原しかいない。

「安原組全員で『カンヌに行くぞー！　おー！』なんてしたいわけ？」

「そうじゃないけど」

そうだ。安原は、そういうのは苦手なタイプだ。恐らくこいつが気にしているのは、『終わりのレイン』を作る本当の目的を隠していること。他のスタッフをだましているようで罪悪感を覚えるのだろう。

「前に話しただろ。カンヌに行こうって考えないで、監督が自分の中にあるものを妥協しないで撮るのが一番だって。他の連中を焚《た》きつけたら、それどころじゃない」

「まあ、そうなんだけど」

すり切れそうな安原の声は、自転車のペダルがからからと回る音と重なる。おいおい、まだ撮影一日目だぞ。堪らず、僕は歩幅を緩め安原の隣に並んだ。

「双海とか入田さんとか、安原組のみんなに、『安原にはついていけない』って思われるのが怖い？」

僕の問いに、安原は唇を引き結んで唸った。そのままゆっくり首を横に振る。

「じゃあ、ラーメン食って帰って寝よう」

安原の肩を叩くと、彼は前のめりに倒れ込みそうになった。自転車のハンドルを両手で握り締めて、弱々しげに笑う。何だかそれが、撮影中の安原とは全くの別人に見えて、僕は釣られて笑いながら、ほんの少し背筋が寒くなった。

激辛ラーメンは、その名に偽りのない味だった。湯気がすでに辛かった。真っ赤なスープに真っ赤な麵、チャーシューもネギも煮卵も、何もかも真っ赤だった。

＊＊＊

「これは……拷問だな」

まだ午前中だというのに気温は三十度を超えている。すぐ近くを川が流れているといっても、気持ちよさとか快適さからはほど遠い。撮影に必要な機材を河川敷に運び込み、待機用のテントを組み立て終える頃には、全員が汗だくになっていた。

そうしているうちに、今日の撮影に欠かせない雨降らし用のタンク車が到着する。三トンの水が収められたタンクはそれなりの大きさで、迫力があった。

双海と入田さんが到着するまで、入念なカメラテストを行う。僕を双海に、サード助監督の木脇を入田さんに見立てて、カメラの位置や画角を確認するのだ。

「じゃあ、木脇さんは、そこからゆっくり、北川に向かって歩いてください」

「はーい」と右手を挙げた木脇は、安原の指示通りゆっくり河川敷を歩く。まずは雨なしで、カメラの位置を決める。木脇がメヒシバや猫じゃらしを踏みつけて、地面に落ちた画用紙を一枚一枚拾いながら僕に近づいてくる。メインカメラを回す原田が右手をカメラに見立て、彼女の周囲を行ったり来たりする。ただ右手をかざしているだけなのに、原田にはその角度でカメラを回したときの絵が浮かんでいる。

「ねえ安原」

突然右手をだらんと下げて、原田が安原に歩み寄る。ジーンズの尻ポケットに丸めて突っ込んでいた台本を取り出し、「ここなんだけど」と一点を指さす。

「監督は昨日の打ち合わせで、羽田野と奈々の距離が詰まっていくのを表現したいって言ってたよね」

ハスキーな原田の声は、いつもどこか確たる自信というか、信念が滲んでいるように聞こえる。安原はそれに一拍遅れて頷いた。

「言った」

美大生・羽田野は、思ったように絵を描けない自分に苛立って、自分で描いたスケッチを河川敷にぶちまけてしまう。土手の一角にある階段に腰掛け、地面を睨みつける。物音に気づいて顔を上げると、雨の中に一人の女性が佇んでいる。彼女は羽田野の絵を一枚一枚拾い、彼に近づいてくる。

「今思いついたんだけど、羽田野の視点から奈々を映すのはどう？　スケッチが道みたいに彼女の方に延びてて、そこから奈々が羽田野に近づいてくるの。アップは少なめで、ロングショット多めの方が、雨の雰囲気も伝わるしいい気がするけど」

「そうだなあ」

ちょっと考える。そう言って、安原は僕の隣に腰掛けた。彼のやりたいことを察して横にずれると、安原は何も言わず僕の位置に移動する。顎に手をやって、うーんうーんと唸りながら、ときどき目をつぶったり見開いたりを繰り返す。たっぷり一分ほど悩んで、「変えよう」と原田を見た。

「原田さんが言ったカメラワークで、撮ってみたいって思った」

「悪いね。昨日のうちに思いつけばよかった」

原田の言葉に、安原は首を横に振る。

「いいよ。言ってくれて、ありがとう」

それ以上言葉を交わすことなく、実際に雨を降らせるテストに入る。タンクから専用のホースを延ばし、脚立の上から役者の頭上に水を撒《ま》く。雨が広範囲に降っているように見せないといけないから、これ以外にカメラの前からもジョウロで雨を降らす。大きさの異なる雨粒が降ることで、雨に奥行きが生まれるというわけだ。

「テスト、始めまーす！」

セカンド助監督の橋本の掛け声に合わせ、快晴の空に水滴が舞い上がる。それらは太陽の光に打たれながら、雨合羽を着た僕と木脇に降り注ぐ。

「来た来た」

頬を打った雨粒に、僕は空を見上げた。青空から雨が降り注いでいる。僕と木脇の周辺では、撮影の原田と照明の箕島純平、録音の坂井マリが慌ただしく動く。快晴の日に人工の雨を降らせたこの状況を、いかに本当の「雨の日」にするか。薄暗さとか寒々しさとか、そういったものをどうやって表現するか。もちろん今日のために散々準備はしているのだが、いざ現場に入ればいろいろと事情が変わるものだ。

「箕島、どうよ」

木脇の背後に立てたバックライトの位置を調整しながら、箕島はずぶ濡れになった前髪を手で払う。雨合羽は着ているが、フードは邪魔なのか被っていない。

「大丈夫、いい感じに薄暗い雨のシーンになってますよ。昼を夜にするのが照明の仕事ですからね」

笑いながら箕島は原田に向かって指示を仰ぐ。カメラの前にジョウロで降らせる雨の量を確認していた原田はカメラのファインダーを睨みつけ、親指をぐっと立てた。

カメラテスト、雨降らしのテスト、照明のテスト。すべての確認を終えた頃、双海と入田さんが到着した。

暑いのは苦手なのか、今日の双海は昨日にも増して機嫌が悪いように見えた。一方の入田さんは、唇が変な方向に曲がっている。かなり緊張しているようだ。

衣装に着替えた二人と安原が打ち合わせを終え、リハーサルを経て本番に入る。入田さんが自信がなさそうな顔をしているのが気になったが、雨降らしの撮影はただでさえ時間がかかるから、じっくりリハーサルをするわけにもいかなかった。

「カメラ、回りました」

原田がカメラのファインダーを覗き込んだまま言う。雨がぎりぎり届かない場所から、僕はその様子をじっと見ていた。

「よーい……スタート!」

安原の声に続いて、カチンコが鳴る。

何とか絵を描かねばと焦った羽田野は、スケッチブックを片手に河川敷を歩く。目についたものを片っ端から絵にしていく。ただひたすら、今見えているものを真っ白な紙に落とし込もうとする。

でも、上手くいかない。納得する線は一本も引くことができず、羽田野は苛立つ。そこに、ぽつりぽつりと雨が降ってくる。羽田野は空を睨みつけ、手にしていた鉛筆を地面に投げつける。スケッチブックを一枚、また一枚と破き、両手両足を振り回すようにして自分の絵を河川敷に投げ捨てた。

肩で息をする羽田野に、雨は容赦なく打ちつける。

「——カットっ!」

安原が右手をすっと挙げ、叫ぶ。一瞬遅れてカチンコが鳴り、誰かがふう、と息をついた。放水が止められ、雨が止む。濡れた髪を鬱陶しそうに掻き上げる双海に、僕は思わず「へえ」とこぼしていた。

本読みのときもそうだし、昨日のクランクイン初日もそうだった。双海は現場での態度こそ最悪だけれど、横顔から垣間見えるささやかな表情の変化や仕草から、羽田野透という美大生の匂いが滲み出てくるのだ。大袈裟に感情を込めて演技をするわけでもなく、息をするように自然に羽田野透を身に宿す。羽田野透という男は本当にこういう顔で、声で、髪型で、こういう仕草をする人間なのだという気になってくる。

今の演技だって、よかった。昨日安原から指示された、苛立ちと焦りと恐怖が入り交じった表情を、彼はしっかり演じきっていた。雨に濡れる撮影なんてさっさと終わらせたい、というのが本音なのかもしれないけれど。

でも。

「双海さん」

ずぶ濡れの安原が、双海に近づいていく。どうしてあいつは雨合羽を着ていないんだ。僕が首を傾げるより早く、安原は双海に言い放つ。

「もっと、苦しんでください」

双海が視線を上げ、安原を見る。

「さっきのも、よかったです。でも、もっとほしいです。ちょっと足りないです。自分で描いた絵を、破り捨ててしまうくらい、あなたは追い詰められています。誰にも助けてもらえなくて、自分自身が嫌になっているんです。だから、もっと苦しんでください」

体の中から言葉を恐る恐る引き出しながら話す安原に、双海は大きな溜め息をついた。そして小さく「わかりました」と投げやりな声で言う。

「それじゃあ、羽田野が、叫ぶところから、もう一度」

カット番号を確認し、撮影の原田を中心に、スタッフが動く。

テイク2は、一発OKが出た。双海は安原の要望通り、今にも爆発しそうな苦しみを表現した。先程より緊迫感があって、危うくて、見ているこちらがどきりとした。

そしてついに、入田琴葉の出番が来る。僕はビジコンの前に陣取り、その様子をじっと見つめた。

まずは、羽田野が顔を上げて奈々を見つけるカット。羽田野の視線の位置に合わせてカメラをセットし、雨の河川敷に突如として現れた奈々の姿を捉える。

安原の掛け声と共にビジコンの画面に映った入田琴葉の姿に、僕は呼吸を止めた。

画面の中の入田琴葉は、僕より年下には見えなかった。でも年上の大人っぽさがあるわけでもない。わからないのだ。雨の中、突然現れたミステリアスな奈々という女性を、見事にその身で表現していた。

安原はオーディションのときにこれを予見して、彼女を奈々役に抜擢《ばってき》したのだろうか。どうして奴は、あんなどこにでもいそうな女子学生の中に、こんな可能性を見出せたんだ。

咄嗟にビジコンから顔を背けて、人工の雨の中で撮影に臨む安原を見つめた。

「今日は、ご迷惑をおかけしてしまい、申し訳ございませんでした！」

撤収作業中に入田さんが駆け寄ってきて、謝罪された。一緒にテントを畳んでいた安原が戸惑った様子で視線を泳がせるから、「いえいえ！」と助け船を出してやる。

「こちらこそ、うちの監督のこだわりに付き合ってくれてありがとう」

「いえ、私の力不足です。本当にすみませんでした」

登場シーンまではよかった。もの凄くよかったのだ、入田さんは。ところが、オーディションで課された演技でもある、投げ捨てられた絵を拾い集めて羽田野と対峙するカットに苦戦した。

入田さんは緊張しながらもオーディションと同じように演じてくれた。でも、安原はＯＫを出さなかった。スケッチを拾う動作、表情、息づかいにまで注文をつけて、入田さんは必死にそれに食いついた。おかげで余裕のあった撮影時間は一時間以上押してしまい、午後四時を回った頃やっと終わった。河川敷の使用許可だって永遠に出ているわけじゃない。橋本が安原に何度か「時間がやばい」と、暗に「ここで妥協したらどうだ」と打診したりもしたが、安原は折れなかった。

「入田さーん、ちゃんと髪乾かしてから帰ってください」

タオルを抱えた木脇が駆けてきて、スタッフ用のワゴン車の中にドライヤーがあるからと土手の上を指さす。

「いえ、もうバイトに行かないといけないんで、このままで大丈夫です」

駅まで車出しますよ！　と言う木脇を振り切るようにして、入田さんは荷物を抱えて現場をあとにする。生乾きの髪のまま、本当に駅に向かって走って行った。

「悪いこと、したな」

ばつの悪そうな顔で頭をぽりぽりと掻く安原に、堪らず僕は聞いた。

「仮に入田さんがバイトだって知ってたとして、『じゃあしょうがないからこれでOK』なんて言うつもりあったのかよ」

「意地悪なこと聞くなぁ」

まあ、多分、言わないけど。声のトーンを落とし、安原は溜め息をつくように言う。双海に「もう一度お願いします」と頭を下げながらもきっぱりと言い放ったり、テイク数がかさんでどんどん元気がなくなっていく入田さんに「そうじゃないです」と冷徹なまでに告げる姿とのギャップに、僕は吹き出しそうになった。

「繊細なんだか図太いんだかわかんない奴だな、安原は」

遠くからスタッフの一人が安原を呼んだ。安原は僕に言い返すことなく、返事をしてそちらに走っていく。いつも通り少し猫背になって、助監督の橋本と一緒に照明のスタッフ達と何やら打ち合わせを始めた。その姿は僕がよく知る安原槙人で、撮影中とはやはり別人に見える。

「バイト中とは別人みたいなんだよね」

まるでこちらの心を読んだように、側にいた木脇がくすりと笑った。

「安原が？」

「そう。撮影してるときの安原君は、何だかバイトしてるときとは違う人格が乗り移ってるみたい」

もちろん、木脇が冗談のつもりでそう言っているのはわかっている。わかっているから僕も「そうだな」なんて笑って返した。

胸の奥で、何かが軋《きし》んだ。太い太い何かで体の中心を貫かれるような気分だった。

どうしてあいつが卒制の監督なんだ、なんてことはもう考えなくなった。安原槙人と北川賢治は、何が違うのか。ただそれだけを、誰かに問いかけ続けていた。

「どうだ、撮影は順調か」

行きつけの居酒屋のカウンター席に着くなり、高島先生は僕にそう聞いてきた。カウンター越しに近づいてきた店員に「生！　生二つ！　あと煮込みとお新香！」と無駄に大きな声で注文する。

「あとはお前が食いたいもの、適当に頼め」

壁に貼られたメニューを眺めながら、僕は「あざーっす」と頭を下げた。

「まあ、順調ですよ、今のところ」

メンチカツにニラ玉、冷やしトマト。目についたものを追加で注文しながらそう言うと、高島先生は「そうか！」と豪快に笑った。

「そりゃあ、あとが怖いな」

「やっぱ、そう思います？」

「上手く行ってる現場ほど、あとで痛い目を見る」

実際に長く第一線で活躍していた映画監督から言われちゃ、そう思うしかない。運ばれて来た生ビールで乾杯し、ビールの独特の苦味を喉で味わいながら、「どうすっかな」という言葉を一緒に飲み込んだ。

河川敷での撮影のあとに大学に戻って次の撮影の打ち合わせをして、なんとなく昨日と今日で撮ったものを確認したくなって、撮影した映像を見ていた。

その後、校舎を出たところで高島先生を見つけて、話しながら歩いているうちにそのまま飲みに行くことになった。

高島先生は、容赦のない人だ。実習中だって、誰でも分け隔てなく平気で怒鳴る。学生を実習から追い出したことだってある。僕も何度も口論したし、未だに思い出して腹が立つこともある。

「お前が安原に好き勝手させてるみたいで意外だったよ」

「誰がそんなこと言ってるんですか？」

卒業制作には、基本的に教員はタッチをしない。トラブルが起ころうとスケジュールが押そうと、傍観する。できあがった作品だけで、評価が下される。

「今朝、大学で原田と会ってちょいと話した」

今日は撮影場所の河川敷に現地集合したが、撮影や録音や照明のスタッフは一度大学に寄って機材を車に積み込み、現場入りした。恐らくそのときのことだろう。

「その話を聞いて、実はちょっと驚いた」

「そんなに意外っすかねー」

お新香を口の中でこりこりと鳴らしながら、先生は「意外も意外だ」と僕を見る。

「監督をやりたがってた男二人が、監督とプロデューサーになった。お前だって監督を志望した人間として、ちょっとは自分の色を出したいと思ったんじゃないのか」

「そんなの、最初の最初だけですよ」

『終わりのレイン』をカンヌ国際映画祭に出品する。このことは、高島先生にも伝えていない。この場で言っておくべきだろうか。悩んでいるうちに注文したメンチカツやニラ玉が届いてしまって、僕の脳は勝手に結論を有耶無耶《うやむや》にしてしまった。

「最初こそ、いろいろ思うところはありました。今はプロデューサーとして、安原がいいものを作れるようにサポートしようって思ってます」

「でも、映画ってものは共同作業の産物だ。監督が好き勝手すればいいものが作れるってわけでもない」

「僕が安原に、妥協しないで作ってほしいと思っているだけです。そのために必要なことだったら、何だってやりますよ。安原組の中から『こだわり過ぎだ』なんて文句が出て来ても」

ニラ玉を箸で突《つつ》きながらこちらを流し見てきた高島先生に、僕は肩を竦める。

「安原じゃどうにもならないだろうけど、僕ならみんなを説得できると思いますし」

「お前はそれでよかったのか」

ビール片手にご機嫌だった先生の声が、途端に真面目なものになる。

「先生、僕がコンペに負けて腐ってると思ってます？」

安原の勝手にやらせて、さっさと卒制を完成させて、単位を取得して卒業してしまおう。そんな風に考えていると。

「さっさと卒制なんて終わらせたいって考えてるなら、まず安原に思う存分なんてやらせないでしょ？　こだわってこだわって時間と予算を食いつぶすくらいなら、こっちから強く意見して効率的に、できるだけ省エネで撮影できるように立ち回ります」

そうしていたかもしれない。なんで安原だったんだろうという疑問に雁字搦《がんじがら》めになったまま抜け出せなくなって、ものわかりのいい皮を被った自分勝手なプロデューサーになっていたかもしれない。

「僕は純粋に、あいつに監督として負けたんです。だから卒制を通して、自分に何が足りないのか見つける必要があるし、安原に存分に映画を撮らせることが、その近道になるんじゃないかと思ってます」

安原の地元で、あいつの『終わりのレイン』を上映する。そのためにカンヌ国際映画祭に出品し、ノミネートを狙う。安原が高みを目指すことで、その道中に見つけられるはずなのだ。安原にあって僕にないもの。僕が映画の世界で生きるのに、不足しているものが。

「先生、そろそろ聞いてもいいですか」

高島先生はわずかに体を僕の方へ向け、「なんだなんだ」と答えがわかっているような顔で問いかけてくる。

「僕が卒制の監督に落ちた理由です」

「知りたいのか」

「当然ですよ。もう撮影も始まったし、教えてくれたっていいじゃないですか」

空になったジョッキに目をつけた店員が、「ご注文は？」とカウンター越しに聞いてくる。ハイボールを注文すると、すぐに運ばれてきた。僕の手元にハイボールのグラスが置かれるのを待って、高島先生は話し始めた。

「お前の脚本もプレゼンも高評価だったよ。人前であれだけ一丁前に話せれば、どこでだって上手くやっていくだろうってな」

「でも、落ちました」

「そうだな。教員と学生とで投票して、学生の票だけでいったら、お前の方が得票数は多かった。それ以上に、教員が安原に票を入れたから、お前は落ちたわけだ」

ちなみに、俺は安原に投票した。高島先生はそう続け、言葉を切る。僕はゆっくりと先生を見た。別に、先生を責める気はない。僕と安原を純粋に天秤にかけた。安原を取った。それだけだ。

「お前の脚本や演出プランはなあ、でき過ぎてたんだよ」

「……でき過ぎ？」

喉の奥が一瞬で、熱くなった。でき過ぎ。その意味が、僕には見えた。

「お前のプレゼンと一緒で、熟れてて、器用な感じで、そのせいで随分さらっとしてた」

「僕は器用貧乏だった、ってことですか」

「まあ、一言で言っちまうとそうだな。できあがって化ける予感がしなかった。お前の演出プラン通りのものが上がってくる。それ以上もそれ以下もない。そんな風に見る側に思わせちまったのが、敗因だな。でも落ち込むな。お前に票を入れた学生だって多かった。お前のプレゼンに信頼感を覚えてくれた。ただ、教員と一部の学生はどうなるかわからない安原の方を選んじまったってことだ」

どんなものができあがるかわからない。それは、安原のプレゼン資料を読んだときに、僕も感じた。これじゃ駄目だと思った。でもそこに、可能性を感じた人がいた。

「あいつのプレゼンは酷かった。でも、自分が思う『終わりのレイン』を懸命に話してくれた。切実な何かを感じた。北川のあとだったから、余計にそう感じた」

お前には、切実さがない。そう言われたような気がした。

切実さとは、一体何だろう。どうすれば、手に入れられるのだろう。

「先生は、幸福な奴と不幸な奴、どっちがいい作品を作れると思いますか」

「幸福か不幸かじゃない。〝切実さ〟があるかどうかだ」

難なく即答する先生に、持ち上げかけたグラスをカウンターに置いた。

通っていた国立大学を中退してムサエイに入学し、大学の学費を払うのにだって苦労して、奨学金を何百万円も借りて。そんな安原に比べたら、家もそれなりに裕福で、大学だって好きなところへ行けと言ってもらえた自分は、実に恵まれている。

〝切実さ〟に重さがあるのなら、きっと、安原の方が重い。そもそも僕に、〝切実さ〟なんてあるのだろうか。

「今の自分や世の中に満足してて、何かに必死に手を伸ばさなくても満たされている奴の視野は必然的に狭くなり、考えは浅くなる。現実から逃れたい、脱出したい、違うどこかに行きたい、何かを摑みたいと思ってる奴は、〝ここ〟に作るんだよ」

自分の胸を親指でとんとんと先生は突いた。

「その切実な思いを成し遂げるための、大きな大きな世界を。それが創作の源だ」

思わず、自分の胸を見下ろしていた。ここに、あるのだろうか。何かを犠牲にしてでも叶えたいと思うほどの切実な願いが。

「俺は、お前がなりふり構わずがむしゃらに撮った映画も、観てみたいけどな」

◇安原槙人

『映画、ちゃんと撮れてるの？』

いつもそうだ。俺と母さんの会話は、こうやって始まる。部屋の中を右往左往しながら、耳に当てたスマホを無意識に握り締めていた。先程まで寝ていたから、窓から差し込む太陽の光が痛い。目が焼けそうなくらい、眩しい。

「一緒に作ってる人が、みんな優秀だから。ちゃんとやれてるよ」

『あーら、そう。それはよかった』

「母さんこそ、体調の方はどうなの」

『今日はね、元気』

他意はないだろうに、「今日はね」という言い方に、胸の奥が潰れるように痛んだ。

『今日も映画撮るの？』

「撮るよ。今から行ってくる」

家を出る時間までは余裕がある。腰を落ちつけてじっくり話せばいいのに、電話をしながらずっと出かける準備をしていた。

『気をつけなさいね、マキ。人様にご迷惑かけないようにね』

「わかってるって」

母さんが電話を掛けてきた理由がなんとなく想像でき、笑った。自嘲した。

「そういえば昨夜、二宮の叔母さんからも、電話があったよ」

『昨日の午後に病院に来てくれたの。マキに電話するって言ってた。マキ、叔母ちゃんにまーた怒られたでしょう？』

ふふっ、ふふっと、まるでその場面を見ていたかのように母さんは笑う。

雨降らしの撮影を終えて帰宅し、風呂にも入らず畳の上で爆睡し、スマホの着信音で目が覚めた。驚いて相手の名前を確認せずに出てしまったのは、迂闊《うかつ》だった。

二宮の叔母さんは、母さんの具合がここ数日よくないという話をした。九月に入ったというのに、日本列島は連日三十五度を超える猛暑日が続いている。東京よりずっと北にある俺の故郷も同じだ。母さんはその暑さにやられて体調を崩しているらしい。

そんな近状報告のあと、二宮の叔母さんからはいつかと同じような小言を頂戴した。まだ就職は決まらないのかとか。お盆にも顔を見せに帰ってこなかったとか。そもそもお前はどうして国立大学を中退して東京になんて行ったんだ、とか。

『お母ちゃんが入院して、叔母ちゃんに迷惑かけちゃってるから、許してあげて。マキは叔母ちゃんのことは気にしなくていいから』

お母ちゃんのこともね。ついでのように続けた母さんに、奥歯を噛んだ。悲しいと思う自分がいる。同じくらい——いや、悲しいと思う以上に、安堵する自分がいる。

「大丈夫、大丈夫。俺、いつも叔母さんには怒られてるから、慣れてるよ」

『慣れちゃ駄目でしょ、慣れちゃ』

くすくすという笑い声は、電話越しのせいか少しかすれて聞こえた。

母さんのいる緩和ケア病棟は、病室で携帯電話を使うことができる。なのに母さんはいつも、わざわざ病室の外のラウンジまで出て電話する。「病室で電話は駄目」という、どこかで言い聞かされたことが肌に染みついて忘れられないみたいだ。

この電話はどうだろう。やはりラウンジで固いソファに腰掛けているのだろうか。

そう思ったら早く病室に戻ってほしくて、電話をさっさと切った方がいいのではと考えてしまう。

「ねえ」

それでも、俺はだらだらと続けてしまう。

「今撮ってる映画、完成したら、カンヌ国際映画祭に応募するんだ」

『へえ、すごい』

母さんの声が、ほんのちょっと大きくなる。それだけのことに嬉しくなってぺらぺらと口を動かした。母さんがカンヌ国際映画祭をどれくらい知っているのかは、わからない。でも、構わなかった。

「正式にノミネートされたら、カンヌでも上映してもらえるし、多分、桜ヶ丘シネマでも、観られると思う」

『あーら、そうなの？』

数秒の間を置いて、母さんがふふっと笑うのが聞こえた。

『いつ？　いつ頃観られる？　お母ちゃん前売り券買っちゃうから』

「気が早いなあ。まだ先だよ」

まあだ全然、先だよ。カンヌ国際映画祭は来年の五月だから、正式ノミネートされたとして、国内で上映してもらえるのは早くても来年の秋頃だよ。一年以上先だよ。

本当のことを言ったら、母さんは何と言うだろう。電話の向こうで、俺から遠く離れた病院の片隅で、どんな顔をするだろう。

『さすがにそのときはケチなことしないで、ジュースもポップコーンも二つずつ買おうねえ、マキ』

「いいよ、別に」

こんな話を、前もしたっけ。そう思ったら突然呼吸が苦しくなった。リュックサックのファスナーを閉める手を止めて、胸を掌で押さえる。五本の指を胸にぐっと食い込ませると、その痛みで苦しさはマシになった。

「ケチなことしてたとも、思ってないし」

母さんと二人で映画を観られるだけで、贅沢だった。満たされていた。

『映画館でマキの撮った映画をマキと一緒に観られるの、楽しみにしてるから』

「わかった」

もうそろそろ行かないといけないから、切るね。また電話するから。じゃあね。体、気をつけて。こっちは大丈夫だから。またね。またね。切るタイミングを探り探り、やっとのことで電話を終えた。途端に、その場にうずくまる。床に尻をつけたらもう立ち上がれなくなる気がして、堪えた。

リュックを背負って、開けたばかりのカーテンを閉める。暗くなった狭いアパートの一室から、逃げるように外に飛び出した。

俺は、母さんに嘘をついたのだろうか。『終わりのレイン』が桜ヶ丘シネマで本当に上映されるというような口振りで、母さんをぬか喜びさせたのだろうか。

入道雲の白さと眩しさに顔を顰めながら、それでも俺は空を見上げ続けた。違う、と自分に言い聞かせる。俺達は、安原槙人と北川賢治は、『終わりのレイン』でカンヌへ行くのだ。そういう約束をしたのだ。

真夏の太陽の下を、懸命に自転車を漕いだ。

「カットっ！」

その言葉を放った瞬間は、いつも舌の上がぴりりと痛んで、苦味が走る。

ムサエイに入学してから、何度も口にした言葉。スタートとカット。大きな声で話すのは苦手だけれど、こればかりは腹から声を出さなければならない。

カメラマンの原田が映像をチェックするかとカメラを指さすが、俺は何も言わず箱馬から立ち上がった。

今撮っているのは、羽田野が河川敷で出会った奈々を自宅に連れて来たシーン。ずぶ濡れの体をタオルで拭いて、羽田野は彼女のために温かいコーヒーを淹れている。

「まず、羽田野」

キッチンに立っていた双海さんに呼びかける。カメラに背を向けていた双海さんは、怪訝な顔で振り返った。自分に注文をつけられるとは思っていなかったのだろう。

「今、羽田野は、見ず知らずの女性を、自分の家に連れて来てしまいました」

「監督、わかってますよ。俺が羽田野を演じてるんですから」

言葉遣いは丁寧だけれど、一音一音が喧嘩腰で、鋭い槍のようだ。初日からこうだった。『終わりのレイン』の現場にいることが心底嫌なのだとわかる。

「だとしたら、羽田野にはまだ、警戒心があるはずです。家に連れて来てしまったけれど、彼女は、何者なのか。コーヒーを淹れながら、警戒するはずです」

だから。胸の奥から言葉を探そうとしたら、双海さんが「わかりました」と遮った。お前がもたもた胸の内を言葉にするのを待っていられるか、という顔で。

「俺は充分わかりましたから、彼女に演技指導をしたらどうですか」

六畳間にいる入田さんを、双海さんが顎でしゃくる。彼女は彼女で、「はい、よろしくお願いします！」と目の前のテーブルにおでこをぶつける勢いで頭を下げた。

台本を片手に、今度は入田さんのもとへと移動する。この間、安原組のスタッフ達はそれぞれの持ち場で待機している。冷房も入っていない狭いアパートで、水を飲むくらいの休憩しかできず、ただ俺の演技指導が終わるのを待つ。

体の奥にいる弱々しくて小さな俺が、焦っているのがわかる。

「入田さん。奈々は、ここではあくまで、何者かわからない謎の存在です。もちろん、本人はいろんな事情があって、この部屋に来たけれど、羽田野と違って、奈々はここでは自分のことを、こう……正体不明の存在として、演じているんです。羽田野の部屋を見回すのも、あくまで奈々本人ではなく、謎の存在としてです」

果たしてこの言い方は適切なのだろうか。話しながら自信がなくなってきた。

「要するに……入田さんには、演技をしている奈々を、演じてほしいんです。難しいと思いますけど、よろしくお願いします」

「いえ、大丈夫です。頑張ります」

自分の両頬をぱん、と一回叩いて、入田さんは大きく頷く。昨日の河川敷のシーンの撮影のときから、彼女がこうするのを何度も見た。二日目にして、これが入田さんが困ったときに自分を奮い立たせるための行為なのだと気づいた。

気づいているのに、どんなフォローをすればいいのか、わからない。絵コンテを描いたって、結局細かなところは監督が言葉で表現するしかない。つくづく、俺はコミュニケーションが苦手なのだと思い知る。

「もう一回、よろしくお願いします」

原田がカメラを回し、俺はまた「スタート！」と声を張り上げる。

タオルで髪を拭きながら、奈々は部屋を見回す。真っ白なキャンバスや、その周囲に散らばった画材を。ベッドの上で丸まった布団やカーテンの色、本棚に並ぶ画集やスケッチブック。そして、台所に立つ羽田野の背中を。

オーディションに入田琴葉が現れたとき、確かに奈々が目の前に現れたのだと思った。ところが今、彼女は緊張して、戸惑って、自信なさげで、完全に入田琴葉という役者を志す学生になってしまっていた。

カットをかけ、入田さんにもう一度同じ話をする。それを何度か繰り返したところで、橋本が「ちょっと休憩を入れよう」と提案してきた。入田さんの演技がどんどん悪くなっていくのを感じていたから、それに乗ることにする。

「なあ安原」

橋本が、声を潜めて今日の分のスケジュール表を差し出す。

「この調子でいくと、終わらないぞ」

橋本の目がちらりと入田さんに向く。彼女は立ち位置から離れることなく、台本を片手に演技の練習を続けていた。木脇が飲み物を差し出したが、丁重に断る。

「昨日と一昨日は、ぎりぎりスケジュール通り収められた。でも、あんまりじっくりやってたら時間なんてあっという間になくなる」

及第点のものは撮れただろ。早く次のカットに行こう。橋本の目はそう訴えていた。昨日も一昨日も、橋本にこんな顔をさせた。でも、今日の方がずっと切実だ。

「俺だって監督に納得いくものを撮ってほしいけど、俺は進行も大事にしたい」

それは、現場を切り盛りする助監督として正しい意見だ。でも、ほいほいとそれに従うことはできない。

「ごめん、でも……」

言いかけて、言葉に詰まった。部屋の隅で休憩していた双海さんがぬっと立ち上がり、俺と橋本へと近づいてきたからだ。

「俺も、助監さんと同意見なんですけど」

首にかけていたタオルで額を拭った彼は、険しい顔で俺を見据える。

「自分が気に入るものが撮れるまで何度もやるのは結構ですけど、それって本当にクオリティアップのためですか？　監督の自己満足のためじゃないんですか？」

双海さんは、俺より少しだけ背が高い。視線が高い。顎を上げて、さらに高いところから見下ろしてくる。彼に何と言い返せばいいのか、言葉を探した。

「作家性なんてものを人質に、周りに無茶を強制してるだけじゃないですか？」

大学生風情が「作家性」なんて笑わせるな。双海さんが言外にそう言っているのがわかる。その一瞬のカメラの動きに、何の意味がある。それが客に伝わると思うか。それがなかったら作品は駄作になるのか？　客はそんなことに気づいてくれない。そのために時間を消耗し、スタッフを疲弊させてどうする——そんな風に。

「大体、彼女はそれについて来られないと思いますよ」

双海さんが親指ですっと差したのは、入田さんだった。ずっと台本を見下ろしていた彼女ははっと顔を上げ、おろおろと立ち上がる。

「なあ、あんたはどうしてオーディション受けたの」

淡泊な声で、双海さんは入田さんに問いかける。

「素人同然のくせに、どうして大学で大人しく授業受けないで他大の卒制に参加しようと思ったんだって聞いてんの」

答えなどさらさら聞くつもりがないのか、双海さんは「えーと……」と固まった入田さんから俺へと視線を戻した。

「監督が頭の中に思い描いてる理想を実現するのは、彼女じゃ無理ですよ」

いい加減気づけよ。そしてもっと効率よく撮影を進めろよ。そんな顔で双海さんは俺を睨みつける。狭いアパートの中、双海さんの声が聞こえていないスタッフはいなかった。全員が動きを止め、こちらを凝視している。

「あの、双海さん」

さすがにここまでのことは予想していなかったのだろう。橋本が俺と双海さんの間に入って状況をどうにかしようと試みる。

けれど、橋本よりずっと早く動いた人間がいた。

「すみません、双海さん。まだ撮影三日目ですし、順調にいかないのはご勘弁を」

緊張した空気を吹き飛ばすように、からっとした笑顔で北川は双海さんの肩を叩く。それを振り払うように一歩後退った双海さんは、さらに顔を強ばらせた。

「あんた、プロデューサーなんだろ」

双海さんは牙《きば》を引っ込めることなく、それを北川に向ける。

「監督の手綱《たづな》を握るのがあんたの仕事じゃないの？」

「握ってますよ」

涼しい顔で北川は答えた。双海さんは、虚を突かれたように目を丸くする。

「ばっちり握ってますよ。これはいただけないって思ったら全力で引っ張ります」

犬のリードを引っ張るような仕草をする北川に、双海さんの声が凄みを帯びた。

「あんたは、これでいいと思ってんのかよ」

「思ってるから、隅っこで大人しくしてました」

「プロデューサーならわかってるだろ？　こんな調子で監督が気に入るまで何度も何度も何度もリテイクしてたら、来週中に撮影なんて終わるわけがないって」

卒制の撮影期間は九月いっぱい。でも、一ヵ月間ずっと撮影ができるわけじゃない。そんな予算はない。『終わりのレイン』は短期集中で撮影を終わらせようと、九月上旬から中旬にかけての二週間を使い、撮影するスケジュールになっている。

まだ三日目だけれど、果たして間に合うのだろうか。そんな風に双海さんや橋本が考えてしまうのは、わかる。俺だって考えないわけではない。

だから、北川が止めない限り止まらなくていいと、そう自分に言い聞かせて来た。

「正直、リテイクばっかりでしんどい現場だと承知してます。でもこれは監督が暴走してるわけじゃなくて、プロデューサーの僕と、監督の、二人の総意です」

双海さんの横で、橋本が困ったように唇をねじ曲げる。北川の言葉は双海さんだけに向けられたものじゃないとこのアパートにいる人間全員がわかっているから、誰も何も言わなかった。

ちらりと、北川が俺を見てきた。北川は何も言わず、双海さんへ向き直る。

「双海さん、安原は自分が気に入るものが撮れるのを待ってるんじゃなくて、ただ純粋に『本物』を探してるだけなんですよ」

本物。本物です、本物。繰り返す北川に、思わず彼の顔を覗き込んでいた。

「僕等が撮ってるのはフィクション映画ですけど、カメラが回ってる間だけは、カメラの中はノンフィクションじゃないといけないんです。双海さんと入田さんがフィクションの羽田野と奈々である限り、安原は絶対にOKは出さないですよ」

頑張ってくださいね。そんな顔で北川が笑うのを、双海さんは目の奥に確かな怒りを宿して見つめていた。今にも北川に掴みかかるんじゃないか。そうなったら俺はどうするべきだろう。そんな風に考えたけれど、杞憂《きゆう》だった。双海さんは苛立たしげに肩を竦めると、北川と俺を交互に見た。

「映画が当たったらみんなのおかげ、転《こ》けたら主演のせい」

北川が怪訝な顔で「え？」と首を傾げたが、双海さんは構わず続けた。

「監督一人で映画撮ってるつもりになっててんじゃねえよ」

投げるだけ投げて、ぶつけるだけぶつけて、それ以上は何も言わず、双海さんは休憩時にいつも使っている箱馬へ移動する。ペットボトルの水を呷《あお》り、「話しかけないでくれ」というオーラを全身から発しながら、台本を捲る。

「あのう……」

はっと顔を上げると、入田さんが俺と北川の近くまで来ていた。恐縮した顔で体を縮こまらせ、ゆっくり頭を下げる。

「ご迷惑をおかけして、本当にすみません。次は頑張ります」

何度も何度も頭を垂れる入田さんに、「いやいやいや！」と北川と一緒に首を横に振って、撮影は再開した。

「安原」

カメラの前に立った原田が、「聞きたいんだけど」と改まった様子で箱馬に座る俺を見下ろしてきた。

「さっき北川が言ってたことって、あんたも同意見なの？」

「えーと……どれのこと？」

「『カメラが回ってる間だけは、カメラの中はノンフィクションじゃないといけない』って」

俺は改めて北川を見た。さっきはそれどころじゃなかった。今、改めて北川の言葉を胸の内で繰り返す。刻みつけるみたいに反芻する。

自分の拙い言葉で必死に伝えようとしてきたこと。それがいとも簡単に、わかりやすい言葉になってそこに存在していた。

「北川の言う通りだ。俺は、カメラの中がノンフィクションになるのを待ってるんだ」

「そっか」

どうして俺にはこれが言えなかったのだろう。自問する俺を差し置いて、原田は「すっきりした」と笑顔でファインダーを覗いた。

「結構いいものが撮れてる気がしたのに、安原がどういうつもりでリテイクするのかわからなくなってたから。そういうことなら、私は心置きなくカメラを回せる」

準備OKだよ。そう言う原田に、俺は堪らず自分の胸に手をやった。痛みがあるわけではない。でも、体を巡る血液がざらついた砂に姿を変えてしまったような、直視しがたい違和感がある。確かにある。

「それでは、よろしくお願いします」

双海さんは俺を見なかった。入田さんは「はい！」と上擦った声で返事をした。役者が位置に着き、カメラが回る。俺は大きく息を吸った。自分達はフィクションを作っている。けれどこの言葉の先は、ノンフィクションでなければならない。

「――スタートっ！」

「ほら、乾杯」

北川が缶ビールを差し出してきて、慌てて俺は手にしていた缶ビールの縁を北川のものに当てた。かん、という緩やかな音と共に、北川が「お疲れ」と笑う。

「……ホントに疲れた」

ビールを一口だけ飲んで、俺は愛用している座椅子に体を投げ出した。撮影のあとのビールというのは大体美味いのだけど、今日はそれさえわからない。

「まだ三日しか撮ってないぞ」

「ちゃんと、最後までやれるかな、撮影」

「安原、監督がそんなこと言わないの」

「わかってるけどさ……つくづく、俺ってなんでこんなに、人とのコミュニケーションがダメダメなんだろうって思う」

ただ、今日、思い知らされた。俺がこれまでムサエイで上手くやって来られたのは、友人である北川が上手いことフォローしてくれたからで、自分の力ではなかったのだと。よくよく考えたら実習のときだって要領の悪い俺を叱咤して「こうしてみろ」と言ってくれたのは北川だったし、「要するにこういうことだろ」と俺の言いたいことを酌み取ってくれていたのも、北川だった。

上手く言葉に変換できないことを、北川が上手く翻訳してくれていた。ただそれだけだった。

「安原は、下手じゃないと思うけど」

北川がスーパーの袋から次々と食べ物を出す。小さなテーブルの上に、唐揚げや餃子、漬け物、メンチカツが並んだ。

大学で今日撮った分の動画をチェックしていたら、北川の終電ぎりぎりの時間になってしまった。明日も朝から撮影があるし、帰るのが面倒臭い。そう言って北川は俺の家に泊まることになった。近くのスーパーで酒とつまみになりそうな総菜を買って、俺の家で飲む。この三年半、しょっちゅうしてきた。

「そうかな」

「安原、言葉が出てくるまでにちょっと時間がかかるっていうか、言葉を丁寧に探し過ぎなんだよ、多分」

メンチカツを箸で摑んで頰張りながら、北川は「探しすぎ」と繰り返す。

「言いたいことは、とりあえず考えるより先に口から出しちゃった方がいい」

「別に、俺だって、好きであれこれ考えてるわけじゃない」

どうしても、考えてしまうのだ。自分の想いを表現するのに、この言葉であっているのか、正しいのか、最適なのか、と。相手にちゃんと伝わるだろうか、と。

「大体、今はたいそうなこと考えて喋ってるわけじゃないだろ」

メンチを半分ほど囓った北川は、「あ、ソースかけんの忘れた」とメンチのパックの隅にあったソースを開ける。

こちらは、それなりに真剣に悩んでいるというのに。

「そりゃあ、今は北川と話してるわけだし」

「双海と入田さんにも、安原組のみんなにも、そのつもりで話せばいいじゃん」

簡単に言ってくれる、こいつは。

「そうかもしれないけど、そうじゃないんだ」

別に俺だって、北川の前だから頭を使わずに話しているのではない。この三年と半年という付き合いの中で作りあげた、北川賢治に対する信頼の証なのだ。そんなこと、気恥ずかしくて面と向かって言う気にもならないけれど。

「そういえばさ、今日のあれ、間違ってなかったか」

「あれって？」

「僕が双海に言ったことだよ。僕なりに今までの安原のやり方を見て、勝手にそう思ってたことを言ったんだけど、的外れだったら悪かったと思って」

「いや、そんなことない」

むしろ――。

「俺がずっと……ずっと、言いたかったこと、あっさり北川に言われて、自信がなくなった」

俺が言葉にしたくてもどかしく胸を掻きむしっていたものを、北川は腹が立つほど見事に、言葉にしてくれた。

俺のことを、北川は缶ビール片手にじっと見てきた。何を考えているのかはわからない。けれど、卒制のコンペの直後のような恐怖は不思議と感じなかった。

「俺は北川が羨ましい」

そんな言葉が口から出ていった。俺の思考というふるいを素通りして、生まれたままの姿で北川に向かって飛んでいった。

北川は数瞬、目を丸くした。北川にしては珍しく、何か言いたそうに何度も口を開きかけ、でも何も言わなかった。

羨ましいと言ったはずなのに。お前は凄いという気持ちを伝えたつもりだったのに、どうしてか、北川を傷つけたように感じた。

「ごめん」

謝罪して、謝罪すべきじゃなかったと思った。北川の表情は晴れるどころか、ぎこちなく、ぐしゃりと歪むような微苦笑に変化した。

「なに謝ってんのさ」

そして、どちらともなく、何事もなかったかのように話題を変え、二人切りの飲み会は続いた。

交代でシャワーを浴びて、俺は自分のベッドで、北川は座椅子の背を倒してそこで寝る。エアコンは設置されているけれど一晩中つけておくのは電気代がもったいなく、窓を開けて寝る。初めて北川がこの部屋に泊まったときは「昭和の大学生か」と笑われたけれど、すっかり慣れてしまったようだ。

アパートの目の前にある街灯のせいで、電気を消しても部屋の中はわずかに明るかった。

クランクインの前日、一昨日、昨日と、あまりよく寝られなかった。でも今日は疲れもあるし、北川と話して気が紛れたのもある。布団に入ってしばらくして、穏やかな眠気に包まれていった。

意識が眠りに覆い尽くされる、寸前だった。北川の声が聞こえたのは。

「安原、起きてる？」

咄嗟に返事ができず、何とか重たい瞼を持ち上げた。北川に背を向ける形で横になっているから、彼の姿は見えない。

なんだ。どうした。そう返事をしようとしたら、俺が寝ていると思ったらしい北川が、さらに言葉を重ねてきた。

「僕は、お前が羨ましいよ」

まるで、ぽつりぽつりと降り出した、緩やかな雨のように北川は言った。

◇北川賢治

「うわー、凄いっすね！」

アトリエに足を踏み入れて、目の前に佇む巨大な絵に目を奪われた。

「ちょっと遅れちゃいましたけど、気に入っていただけてよかったです」

絵の具だらけのエプロンをつけたまま、辻井《つじい》さんは嬉しそうに頬を緩め、照れくさそうに頭をかりかりと掻いた。

「いえいえいえ、待った甲斐がありましたよ」

そして、来た甲斐もあった。午後から撮影の準備でみんながバタバタしている中、ムサエイとは縁もゆかりもない美術大学まで来た手間も報われるようだった。

僕の目の前には、一枚のキャンバスがある。百号の巨大なキャンバスに描かれているのは、あふれ出してきそうなくらい、力強く、でも繊細で、しなやかな、雨の絵だった。天からの恵みのような雨粒の軍団が、木々の葉を揺らし、地面に大きな波紋をいくつも作る、雄大な絵だった。羽田野の絵が、確かにここに存在していた。

「千葉《ちば》先輩に辻井さんを紹介していただけてよかったです」

礼を言うと辻井さんは「いやいや」と首を横に振る。表情は満更でもなさそうだ。

『終わりのレイン』には羽田野の絵がたびたび登場する。すべては、目の前にいる美大生・辻井哲平《てっぺい》さんの作品だ。僕の高校時代の先輩に美大に進学した人がいたから、そのツテを使って辻井さんを紹介してもらった。油絵を専攻している辻井さんは、その大柄な体格からは想像できないような繊細でしなやかな絵を描く人だった。

羽田野の部屋にある油絵の数々は辻井さんの習作を借り受けたものだし、羽田野が物語の後半で描く絵は、彼がわざわざ撮影のために二週間かけて描いてくれた。締切を多少オーバーしてしまったけれど、それでものびのびと描いてもらってよかった。制作途中のものを安原と一緒に確認して「これなら行ける」と奴も太鼓判を押していたから、完成品を見て喜ぶだろう。

「お約束していたギャラも、きちんとお支払いしますんで」

「楽しみに待ってます」

僕が来るぎりぎりまで作業をしていたのだろうか、絵の周囲には先程まで使われていた名残のある絵の具や筆が散乱していた。

「美大も画材とかを買うのに物入りなんで、こういうお仕事いただけてよかったです」

じゃあこの絵、宅配便でムサエイ宛てに送っておきますね。そう言って辻井さんは百号の雨の絵を横に避《よ》け、違うキャンバスを移動させた。四年生である辻井さんの卒制のようだ。

「凄いっすねー、こんなでかい絵描くんだ」

「絵の具代かかるんで困ったもんですけど。卒制くらい派手に行きたいんで」

「辻井さんは卒業したらどうされるんですか」

ふと気になって、そう聞いてみた。

「バイトしながら絵を描くと思います。田舎の両親には教職課程を履修したんだから、地元で美術の教員やれってせっつかれてるんですけど」

「大変っすねー、親の説得も」

「実家もそこまで裕福な家じゃないんで、俺に定職に就いてほしいっていうのはよくわかるんで、なかなか困ったもんです」

辻井さんに比べたら、僕の両親は本当に理解がある。頼むから安定した職について家に金を入れてくれ、なんて親父は絶対に口にしないだろう。

恵まれてんな、お前。

ふと、耳の奥でそんな言葉がくすぶった。自分の声だったようにも聞こえたし、他の誰かの声だったようにも聞こえた。

例えば、安原とか。


一度新宿まで出て、せっかくだから現場に差し入れでも買っていこうと思い、駅の近くの百貨店へ足を向けた。食品売り場を物色して、最終的に片手でさっさと食べられるタマゴサンドを買った。食パンに厚焼き玉子を挟み、ほんのり辛子を塗り込んで一口サイズにカットしてある。

紙袋をぶら下げて百貨店を出たところで、僕は立ち止まった。というより、驚いて足が動かなくなった。

平日といっても、新宿駅の周辺は人であふれ返っていた。雑踏の中でも、彼は目を引いた。すらりと背が高く、切れ長だけれど大きな目はかなり印象的だ。筋の通った鼻や薄い唇がバランスよく配置され、華やかな雰囲気を醸《かも》している。

「……双海さん、何やってるんですか」

たとえそれが、人であふれた交差点の片隅でカラオケボックスの広告がでかでかと貼られたプラカードを掲げていたとしても。

「見てわかりませんか」

派手な色彩のプラカードを手に、双海は忌々《いまいま》しいものを前にしたような顔をした。

「えーと、看板持ちのバイト？」

「その通りです」

「でも、今日も午後から撮影が……」

今日の撮影スケジュールは、まず奈々一人のシーンを撮影。その後、双海が現場入りし、二人のシーンを撮る。時間にはまだ余裕があるが、そろそろバイトを切り上げないと入り時間に間に合わない。

「どうせ入田さん、いつも通りリテイクの嵐で時間押すでしょ。それを見込んで、長めにシフト入れたんです」

待ってるだけなのも馬鹿らしいんで。吐き捨てるように言った双海は僕とそれ以上目を合わせることなく、人の流れて来る方に体を向け、プラカードを高く掲げる。長身の彼がそうすると、看板のけばけばしさと相まって、なかなか人目を引く。

「双海さんって、バイトするんですね」

「バイトくらいしますよ。しなくても生きていけるほど役者で食えてないんで。ていうか、食えてたら大学生の卒制なんて出ませんよ」

皮肉っぽく言われ、「そうっすよね」と言って謝罪した。

「でも、モデルのお仕事だってあるんじゃないんですか?」

「最近はほとんどやってません。もともとモデルをやる気はなかったんで」

今日の気温も三十度を超えているというのに、双海は長袖に長ズボンで、ツバが広く日よけがついた帽子を目深に被っている。てっきりモデル仕事に差し支えがあるから絶対に日に焼けられない、ということだと思っていたのに。

「羽田野が突然真っ黒に日焼けしてたら、プロデューサーさんも困るでしょ?」

双海はさっさとどこかに行ってくれという顔をしていたけれど、構わず居座り続けた。こんな風に双海と二人切りになることはほとんどない。恐らく初めてだ。

だから、聞きたいことがあった。

「双海さんって、お父さんも役者をやってませんか？」

看板を持ったまま、信号が変わる度に押し寄せる人波を睨みつけていた双海だったが、僕の言葉にほんの少し目を見開いた。

「ずっと気になってたんですよ。双海さんが何日か前の撮影で安原に言った、『映画が当たったらみんなのおかげ、転けたら主演のせい』って台詞。どこかで聞いたことがあるなーどこだっけなーって」

眉をひそめた双海が、僕を見る。訝しげに、こちらの真意を探るように。

「あれからしばらく考えてて、やっと思い出したんです。昔、映画会社に勤める父に映画の舞台挨拶に連れて行ってもらったことがあって、その映画で主演した俳優さんが、同じことを言ってたんです。『映画がヒットしたら、映画を作ったみんなのおかげ。ヒットしなかったら、主演俳優のせいだ』って」

双海の両手が、プラカードの柄を握り締めた。それが、明確な答えだった。

「双海さんのお父さんって、俳優の荒屋《あらや》敷一樹《しきかずき》さんですよね？」

思い出したら、あとは双海と荒屋敷の線を繋ぐのは容易かった。言われてみれば目鼻立ちがよく似ているのだ。

「だから何ですか」

双海のプロフィールにそんなこと一言も書いてなかった。荒屋敷一樹といえば、カメレオン俳優の異名を持つ、演技派として高い知名度を誇る俳優の一人だ。

「二世俳優のくせにどうして看板持ちなんてしてるんだ、って言いたいんですか？」

「いやぁ、別に、そんなつもりじゃないです。ただ、どうして荒屋敷一樹の息子だってことを隠して仕事をしているのかなと思って」

「大物俳優の息子としてちやほやされて仕事をもらった方が賢いってか？」

「だって、そうすれば大学生の卒制になんて出演する必要はないでしょ？」

双海大樹は、カメラが回れば羽田野透として文句のつけようのない演技をする。カメラが止まると、現状の自分に腹を立てている一人の新人俳優になる。そこから這い上がる手段として、父の名前と実績を使うことは実に手軽で確実なはずだ。

「プロデューサーさん、映画会社に勤めてるあんたの父親って、何してるの？」

「映活でプロデューサーやってます」

親父が携わった映画を何本か挙げると、双海は感心したように「へえ」と頷いた。

「じゃあ、ムサエイを卒業したら父親のコネで映活に入るわけ？」

「そんな提案をしたら親父に家を追い出されちゃいますよ」

親父にそんなプレゼンをしている場面を想像して、寒気がした。

「それに、卒制ではプロデューサーやってますけど、監督志望なんで。仮に親から監督にしてやるからこれをしろ、あれをしろって言われたとして、数年後にでかいツケを払わされる気がするんで、勘弁ですね」

「俺も似たようなもんだよ」

「双海さんとの共通点が見つかって、よかったです」

笑いかけたら、ぎろりと睨まれた。

「大体、なんでプロデューサーやってんだよ。監督と二人三脚です、なんて顔して」

未だに先日の言い合いを根に持っているのか、ねっとりとした口調で言われた。笑って受け流し、安原に卒制のコンペで負けたこと、その安原から直々にプロデューサーを頼まれたことを話した。どこか苛立たしげに、双海は僕の話を聞いていた。

「あんた、撮影してて何も感じないわけ？」

話し終えた僕に、そう投げかけてくる。

「よくもまあ、自分を負かした奴の映画を献身的にプロデュースできるな」

「献身的なんかじゃないですよ。僕は僕で、目論見《もくろみ》があって駆け回ってるだけです」

「目論見？」

言っていいものか迷った。けれど、少し離れたところで点滅する青信号を見ていたら、胸の奥で何かがほぐれていく気がした。

「来年のカンヌ国際映画祭に応募しようと思ってます」

「……は？」

「『終わりのレイン』で、シネフォンダシオン部門での正式ノミネートを狙います」

言い終えて、思わず吹き出しそうになった。初めて双海が慌てふためいた姿を見たから。プラカードを揺らして、僕を見つめて、口をぱくぱくとさせて、動揺した。

「本気ですよ？」

「……そんなこと、スタッフは誰も言ってなかったぞ」

「僕と安原の間での約束ですから。変に意識されちゃうのもアレなんで、他のスタッフには言ってません」

「なら、どうして俺に話す」

顔の側面に動揺を残したまま、双海は顔を強ばらせた。

「僕はずっと、双海さんの『終わりのレイン』に対するモチベーションを上げられないかと考えてたんです。プロデューサーの仕事は、関係者をその気にさせることだってよく親父が言ってたんで」

「『終わりのレイン』をカンヌに応募するとなれば、俺が命懸けで芝居をすると？」

ためらうことなく、僕は頷いた。

「双海さんにもメリットがあります。荒屋敷一樹の息子だということを隠して大学生の作る映画に出演して、それがカンヌ国際映画祭にノミネートされたとなったら、親の七光りがどうだなんて、誰も言わないでしょ？」

情に訴えるとか熱意を見せるとか、そんな方法よりずっと双海の心に届く気がした。

「安原は地元の映画館で『終わりのレイン』を上映したいと考えてます。僕は、自分を負かした安原と安原の作品には、カンヌくらい行ってもらわないと気が収まらない。卒制がカンヌにノミネートされればムサエイの志願者だって増えるかもしれないし、自分が映画業界で生きる上で、絶対に活きる」

必ず。そう付け加えると、双海は唇を引き結んだ。目の奥に思案の色が見える。考えを巡らしている。この賭けにのるかどうか、のる価値はあるのか。

その結果が出るのを、双海の切れ長の大きな目を見つめながら待った。

「……監督が、あんたをプロデューサーにした理由がわかる気がする」

「そうっすか？」

「撮影中、あの監督は役者やスタッフに自分がどう思われようと知ったこっちゃないって顔してるけど、唯一、あんたのことだけは気にしてる」

「僕、ですか？」

そんなこと、気にもしていなかった。いや、気づいてなかった。

「あんたがやめろと言うまで、他の誰に何を言われようと自分が思った通りにやる。そんな面構えをしてるんだよ、あの監督」

それは信頼なのだろうか。僕は安原に信頼されているのだろうか。

「一人で映画撮ってるような顔してる奴は嫌いだけど、結局映画は監督のものだ」

ふっと息を吐き出して、双海はどこか涼やかな表情になった。アスファルトの照り返しが厳しいこの場所には似合わない爽やかな横顔だった。カメラに収めたくなるくらい、様になっていた。

ところがそれも、すぐに曇ってしまう。

「でも、あの人、カメラが回ると気味が悪くなる」

「気味が悪い？」

頷く双海の眉間には、うっすらと皺が走っていた。

「映画の世界にどっぷりと浸かって、現実世界に戻って来なくなりそうに見える。演じてるこっちは、カットをかけてもらえないんじゃないかって思う。一生『終わりのレイン』の世界で羽田野透を演じていないといけないような気になるんだ」

　どこか苦々しげに話す双海の真意は、すぐにわかった。

「芝居やってるときのうちの親父に似てて、嫌な気持ちになるんだ」

　双海が自分の父親を——演技派で知られる荒屋敷一樹をどのように見ているのか、その言葉から察した。「嫌な気持ち」というのがどういう気持ちなのかも。同じものを、僕が安原に感じていることも。

「僕も、安原に対して同じようなことを思うことがあります」

　先日安原の家に泊まったとき、眠っている奴に「羨ましい」と言った。あの言葉は誰も受け取る人がいなくて、僕にそのまま返ってきた。毒のように自分の体に染み込んでいった。けれど今は違う。双海という聞き手がいてくれたことで、ずっと靄がかかって見えなかったものの輪郭が、はっきりとした。

　僕は安原に嫉妬している。あいつの才能が羨ましい。焦っている。自分に苛立っている。僕には才能がないんじゃないか。そう、怯《おび》えている。

「……あ、交代の奴が来た」

沈黙の末に、双海がそんなことを言ってプラカードを下ろした。人混みを縫うように、一人の若い男がこちらに近づいてきた。

「さあて、行くか、撮影」

スマホで時間を確認した。そろそろ僕も撮影場所に向かわないとと思ったところで、スマホにメッセージが届いていることに気づいた。

助監督の木脇からだった。

「……は？」

思わず、素っ頓狂な声を上げていた。双海が交代要員の男にプラカードを手渡しながら、ちらりとこちらを振り返った。

『入田さんが現場に来てません。連絡もつきません。何か知りませんか？』

入田さんの入り時間はとっくに過ぎているし、撮影開始時間も差し迫っている。

『あと、双海さんも来てないんですけど、いつものことなんで大丈夫だと思います』

そんな内容のものも届いていた。それに対して笑う余裕もない。

「入田さんが、現場に来ないそうです」

足下に置いてあった荷物を抱えた双海が「はあっ？」と声を荒らげた。

「なんだよ、それ」

「連絡もつかないみたいで、多分現場も止まってます」

「逃げたか」

推量とも断定ともとれる言い方で、双海は肩を竦め、駅に向かって歩き始める。木脇に『今からそっちに行く』と返信を打って、僕もついていった。途中、思い立って再びスマホを取り出し、安原に電話を掛けた。

ワンコールで、安原は電話に出てくれた。

「入田さん、来てないんだって？」

わずかな沈黙の末に、安原が小さな声で返事をする。背後で誰かが話をしているのが聞こえる。多分、チーフ助監督の篠岡だ。

『ごめん……間違いなく、俺のせいだ』

「あーもう、それはいいから！　確かにこの数日はちょっときつい現場だったと思うけど、別にお前だけのせいじゃない」

話しながら歩いていると、ときどきすれ違う人とぶつかりそうになった。双海は自分のペースでずんずんと進んで行ってしまう。

「今、訳あって双海さんと一緒にいるから、すぐに現場に行く。それまで、入田さんに連絡を取り続けてて」

いいな。そう念を押すと、返ってきた声は実に頼りないものだった。頼むぜ、監督。そんな激励を溜め息に変えて、双海の背中を追いかけた。

「大体、プロデューサーさん、どうしてあんなところにいたんですか?」

新宿駅から電車に乗ってしまうと、やるべきことがない。双海と隣同士で座席に腰掛けて、ただひたすら目的地に向かって大人しくしていた。

「羽田野がラストで描く絵を発注してて、それの最終チェックをしてたんですよ。僕の知り合いのツテを使ったんで、僕の担当なんです」

事情を説明しながらも、視線はドア上の路線図に向いている。目的の駅まではあと六駅。二十分ほどかかりそうだ。

「双海さんは、同じ役者としてどう思いますか?」

「何が」

「入田さんが現場に現れない理由です」

あまり良好な関係を築いているとは思えないけれど、それでも羽田野として、彼は奈々を演じる入田琴葉に一番近い場所にいる。

「下手くそだけど真面目だし、自分がぺーぺーだってことも理解してる。寝坊して遅刻するなんてこと、やる人じゃないだろうよ」

現場に来ない。連絡もつかない。これはただの寝坊や、日程を勘違いしてました、ということではないだろう。

「何らかの理由で、現場に来られる状況じゃなくなった、ってことですよね」

「連絡する余裕もないくらいにな」

腕を組み、双海は微かに舌打ちをした。

「前回も前々回も、ぶっちゃけ、しんどそうでしたもんね」

特にこの数日は入田さんのリテイクが多かった。昨日なんて、一つのカットに二十テイクかかった。キャンバスに触ろうとした奈々が羽田野に声を掛けられて驚く、というカットを延々と撮り続けた。羽田野の声に驚いて肩を揺らし、振り返る。そのささやかな動きに入田さんは四苦八苦して、安原も譲らなかった。いつもはリテイクの度に「頑張ります！」と周囲に声を掛ける彼女も、昨日は青白い表情でじっと俯いていた。

「彼女も感じてると思いますよ、あの監督の不気味さ。このまま一生リテイクがかかり続けるんじゃないかって顔して、台本と睨めっこしてますからね」

「そう思うなら、主演として何かフォローしてあげればいいじゃないですか」

「演技の勉強始めたばかりであの現場に来たってことは、ビシバシやられるつもりで来たんだろ。自分を追い詰めて追い詰めて、その中で何か掴みたいと思ってる奴にフォローなんてしても意味ないだろ」

そういうものなのか。僕は双海の横顔を呆然と見つめた。彼がそんなことを考えながら入田さんを見ているとは思ってなかった。

そういえば、荒屋敷一樹も普段は温厚な中年男性だけれど、現場に入ると途端にストイックで自分にも周囲にも妥協を許さないと父親から聞いたことがある。それは双海にしっかり受け継がれているのだろうか。

「……台本に答えが書いてあると思ってるからいけないんだ」

電車の揺れに合わせるかのように、双海がぼそりとこぼした。

「あの入田って役者は、そこがわかってない」

「役者さんって、そういうこと考えてるんですね」

感心してそう言うと、双海はゆっくりと首を横に振る。

「人が替わればやり方が変わるし、やり方にも合う合わないがある。ただ彼女は、違う方向に向かって必死に走ってる感じだ。そっちにいくら行ったって、ゴールなんてないのに」

走って行ってしまったのだろうか。走って走って、戻って来られない場所に行ってしまったのか。だから、撮影に現れないのか。

「どうすっかなあ……」

とりあえず今日の撮影はばらしにして、入田さんを何とか捕まえて、話を聞こう。彼女がもう『終わりのレイン』の現場に行くのは無理だと言ったらどうする？　代役を立てるか？　何とか説得するか？　どうするのが、一番いいんだ。

「考えてるな」

双海が、僕の顔を覗き込んでくる。

「女優に逃げられちゃあ、カンヌどころじゃないもんな」

くくくっと笑う双海を、堪らず睨んだ。茶化されているとわかっていても、せずにいられなかった。

「ええ、カンヌに出品するには、まずは映画を完成させなきゃいけませんから」

さてどうするか、考えようとしたときだった。窓の外を駅のホームが流れていく。それは徐々にゆっくりになる。看板を確認すると、目的地まであと二駅だった。

「……あああっ！」

窓の向こうを、見知った顔が通り過ぎていった。

「入田さんっ！」

咄嗟に立ち上がったら、膝にのせていた鞄が床に落ちて大きな音を立てた。電車が停車しドアが開くのと同時にホームに飛び出した。後ろから双海の声が聞こえたけれど、とにかく今は入田琴葉だ。

ホームの中ほどにあるベンチの前で、彼女は駅員二人に呼び止められていた。走って近づくと、確かに入田さんだった。大柄な男性の駅員と、女性の駅員の間に隠れてしまいそうなくらい、体を縮こまらせて俯いていた。

「入田さーん！」

名前を呼ぶと、入田さんがはっと顔を上げる。僕の顔を見て、目を見開いて、頬を強ばらせて——そのまま走り出した。僕とは反対方向へ、まるで逃げるみたいに。

「えっ、ちょっと、ちょっと待って！」

入田さんの名前を連呼しながら追いかけようとしたら、男性駅員に「ちょっと待ちなさい！」と肩を摑まれた。がっちりと、両肩を。女性駅員が入田さんを追いかけるが、彼女は振り返ることなくホームの端に向かって走って行く。あちらには改札に降りる階段がある。

入田さんは、このまま姿を消すつもりなんじゃないか。

考えている数秒の間に、双海が追いついた。僕の鞄を抱えて走って来たかと思うと、それを投げて寄こす。僕が受け取ったのと同時に、彼は大きく息を吸った。

「逃げんな！　この下手くそっ！」

よく訓練された、伸びがあって芯の通った声は、ホーム中に響き渡った。この声で制止されたら、止まるしかない。

入田さんは息を乱して、こちらを振り返る。僕ではなく、双海を見ていた。入田さんは女性駅員に連れられて彼女が戻ってくる間に、男性駅員に事情を聞いた。入田さんはこのホームのベンチにかれこれ三時間以上腰掛けていて、不審に思った駅員二人が話を聞いていたのだという。具合が悪いのなら救護室か病院へ。乗り換えに迷っているなら駅員室へ。そう質問しても入田さんは口籠《くちご》もるばかりで、どうしたものかと思っていたところに僕達が現れたのだという。

駅員が去ったあと、仕方なく僕は入田さんを近くのベンチに座らせた。とりあえず木脇に『入田さんが見つかった』と一報を入れて、話を聞くことにする。

といっても、僕が何か聞く前に双海の方が動いていた。座り込んだ入田さんの前に仁王立ちして、紙でも挟めそうなくらい深い皺を眉間に作って彼女を見下ろす。

「入り時間どころか撮影開始の時間も過ぎてるし、連絡はつかないし、現場は大騒ぎになってると思うぞ」

まあ、入り時間に遅刻してる俺に言われても説得力ないだろうけど。ぼそりとそう付け足しつつも、双海は追及をやめなかった。

「ここで何してたかはなんとなく想像つくよ。毎度毎度リテイクばっかりで、自分に自信がなくなったとか言うんだろ？　どうせ」

「まあまあ、双海さん」

二人の間に手刀を入れて、話を遮った。

「入田さん、双海さんの言う通りってことでいいんですか？」

僕の問いにしばらく沈黙し、入田さんはゆっくりと頷いた。

「すいませんでした」

「謝るのは今はいいんで、どうしてここに三時間もいたのか教えてもらえませんか」

怒りとか戸惑いを感じさせないよう、喉に力を込めた。入田さんは何度か唇を歪めたあとに、静かに話してくれた。

「『カメラが回ってる間だけは、カメラの中はノンフィクションじゃないといけない』」

ぽつり、ぽつりとそう言って、入田さんは肩を落とした。

「監督に言われたことを実践しようと、ずっと考えて考えて演技してたんですけど、どんどんどんどんわからなくなっていって。一昨日とか昨日とか、どんな風に喋るのが正解なのかもよくわからなくて」

「確かにテイク数は結構なもんだったけど、最終的にはOKが出たじゃん」

「出ましたけど、一体何がよかったのか、全然わかんないんです」

今日の撮影はどうだろう。今日撮るシーンのノンフィクションとは、一体何だろう。考えていたら現場に行くのが怖くなった。電車に乗っているのが怖くなった。ちょっとだけ休憩しようと途中の駅で降りた。ベンチに腰を下ろして、一本だけ電車を待とうと思った。電車が来た。乗ろうと思った。乗れなかった。次の電車、その次の電車。そうやって、数時間たってしまった、というのだ。

「……ごめん」

これは、僕の過ちだ。落ち込んでいるとか疲れが溜まっているとか、そんな状態をすでに通り過ぎてしまっている。もっと暗くて出口の見えない苦しみの中に、入田さんは足を踏み入れてしまっていた。

「もっと早く、気づくべきでした」

撮影中、もっと入田さんを見ておくべきだった。安原と『終わりのレイン』の世界ばかりを気にして、勝手に嫉妬して勝手に落ち込んでいる暇があるなら、作品に携わっている人間の心の機微に、もっと配慮するべきだった。

安原の首から伸びた手綱を引くべきだった。

「何言ってんの」

こちらの後悔を引きちぎるように、双海は声色を変えずに言った。

「あんた、そうやって迷い込んでるのは自分だけだと思ってるだろ。自分が未熟で、周りは年上で経験もある人達だから、苦しんでないと思ってるだろ」

入田さんが視線だけを動かして、双海を見る。

「俺もあの監督の現場に入るのは怖い。自分には才能がないんじゃないかって、周りの連中や、何より自分に突きつけられてるみたいで、毎日ビクビクしてるよ」

素っ気なくて、冷徹で、淡泊で、けれどわずかに温もりを感じてしまう言葉を掻き消すように、下り電車がホームへと滑り込んでくる。車輛《しゃりょう》をちらりと見た双海は、入田さんの肩を摑んだ。逃がさないという決心が感じられる、力強い仕草で。

「さっさと行くぞ、現場」

役者がいない撮影現場でやれることなんてない。羽田野の自宅として使っているアパートでは、階段や通路の日陰に手持ち無沙汰なスタッフ達が座り込んでいた。

そして室内には、僕と安原、双海、入田さんの四人だけがいる。助監督の三人にさえ一度部屋を出てもらった。さすがに、役者が到着したからさあ撮影を始めましょう、なんてことはできなかった。

入田さんがどこで何をしていたのか、僕の口から事情を説明すると、安原は入田さんに向かって深々と頭を下げた。

「いろいろと、追い詰めるようなことをしてしまって、すみませんでした」

「いえ、私こそ本当に本当に、申し訳ございませんでしたっ！」

このままだと土下座合戦が始まるような気がしたから、僕は二人の間に入った。

「安原監督はプロデューサーである僕に『妥協しないでやれ』と言われてその通りにやっていたわけで、元を辿《たど》れば監督を止めなかった僕に責任があります」

「いえ、私が監督の要望を叶えられないのがいけないんです」

畳の上に正座をして、入田さんは肩をがっくりと落とした。

「監督の願いは、よくわかるんです。演じている役者を撮るんじゃなくて、本物の羽田野と奈々を撮りたいって。双海さんはともかく、素人同然の私のお芝居を監督が一生懸命見て、必死にそれを本物にしようと頑張っていらっしゃるって。力不足なのは私で、監督もプロデューサーも、他の皆さんは全然……」

悪くないんです。そう言いかけた入田さんの頭に、ぐしゃぐしゃに丸められた紙がぶつけられる。ベッドに腰掛けた双海が、小道具である破り捨てられたスケッチを入田さんに向かって投げたのだ。振り返った入田さんの額に、もう一つぶつけてくる。

「謝るのはいいけどさ、結局どうするの」

やるのかやらないのかはっきりしろ。目でそう訴える双海に、入田さんは頬を引き攣《つ》らせる。

「……正直言うと、クランクアップまでやれる自信がありません」

「ちょっと、待って」

喰い気味に、半ば叫ぶように言うと、安原が顔を上げた。

「ここで、入田さんに降板されたら、凄く困ります」

「それは……よくわかってます。もう半分以上撮影日数は過ぎちゃってるし、ここから撮り直しなんて……」

「そうじゃなくてっ」

腰を浮かした安原の横顔は、必死だった。撮影中とはまた違う顔だった。言いたいことが喉まで来ているのに、言葉にできないで、呼吸困難になっているような顔。

この顔を、僕は見たことがある。奈々役のオーディションのときだ。入田琴葉を奈々役にしたいと言い張った安原と、同じだ。

「オーディションのとき」

堪らず、僕はそう声に出していた。

「僕は、入田さんのことを、正直あまり評価してませんでした。他にも上手い候補者はいたし、入田さんより経験や実績のある人もいた。でも、監督が……今、君の目の前にいる安原が、どうしても入田さんがいいって言ったんだ」

すべて話してしまうのは簡単だった。その方が断然早くて、間違いがない。でも違う。僕は言葉を切って、「あとは自分で話せ」と安原の肩を叩いた。

「入田さん」

彼女の顔を真っ直ぐ見据えて、安原が口を開く。「はい」と恐縮した顔で入田さんは返事をした。

「俺が『終わりのレイン』の脚本を書き始めたのは、今年の三月です。書き上げたのは、卒制のコンペの締切ぎりぎりの、五月でした。二ヵ月ちょっと、ずっとずっと、羽田野と奈々のことを考えて、脚本を書いてました」

一度息を吸った安原は、苦しそうに胸に手をやった。

「本当は春休み中に、行かないといけない場所がありました。会わないといけない人がいました。それでも脚本を書くことを優先しました。絶対いいものにして、卒業前にこれを映画にしたいって思いました。俺にとって、羽田野と奈々の物語は、俺なんかが生きる現実より、ずっと大事なものになってました」

すうっと、誰かが息を吸って止める音がした。その音が自分のものだと気づいて、僕は両手を握り込んだ。

「入田さんがオーディション会場に現れたとき、俺は本当に、奈々が現れたと思った。他のスタッフ全員に反対されても、入田さんを奈々にしたかった。だから、入田さんには奈々を降りてほしくないです。代役なんて考えられないし、そうなったらきっと、多分俺は、もう『終わりのレイン』を撮れない気がする」

安原の声が羽田野の部屋の空気に溶け、室内は怖いくらい静かになった。外にはスタッフがいるはずなのに、話し声も足音も何も聞こえない。

「わかってんのかよ」

沈黙に耐えかねたように、苛立った双海がまた丸めたスケッチを入田さんに投げる。つむじに当たって、それは彼女の目の前に落ちた。

「監督に、お前じゃないと駄目なんだって言われることが役者としてどれだけ幸せなことか、わかってんのか」

双海の投げたスケッチを拾い上げた入田さんは、しばらく無言だった。無言のまま、双海の言葉に何度も何度も頷いた。頷いて頷いて、洟《はな》を啜《すす》った。

「わかってるならいい」

素っ気なく言って双海は立ち上がり、正座したままの安原を見下ろした。

「監督、さっさと撮影始めましょ」

双海の言葉に、僕は入田さんの前に両手をついた。俯いてすすり泣く入田さんに「やれますか？」と問いかけると、確かに「やります」と返ってきた。

「やろう、安原」

安原が大きく首を縦に振るのを待って、僕は玄関に向かった。すぐそこにいた助監督の三人に「撮影するぞ！」と声を掛けると、通路にいたスタッフ全員がおのおの掛け声をあげて動き出す。

背後から、まだ双海の声が聞こえていた。

「いいか。奈々は今日、羽田野と口論になってこの部屋を出て行くんだ。安息の地になり始めてたこの部屋をあんたは今日捨てるんだ。心してやれよな」

どうやら、入田さんに彼なりにアドバイスを送っているらしい。

「あとなあ、台本に答えなんて書いてないから。リテイクかかる度に台本と睨めっこしてんじゃねえよ。自分で探しに行け」

「さ、探すって、どこへですか」

入田さんの戸惑った反応に、双海が勝ち誇ったような顔をする。声色に負けないくらい傲慢で、身の内で何かが燃え上がっているのがわかった。

「あんたの中だよ。あんたの中にある奈々と共通する何かを、断片的でもいいから探して、引っ張り出して、この妥協って言葉を知らない監督に見せてやればいいんだよ。監督にこれがあんたの探してる本物だって、叩きつけてやればいいんだ」

わかったか、この素人。入田さんの背中を蹴る真似をした双海は、蒸し暑い室内で汗をかいた額を掻き上げる。玄関口でそれを見ていた僕に向かって、にやりと笑いかけながら。

見てろよ。

彼の口が、静かにそう動く。

◇安原槙人

絵を描くことでしか自分を表現できない羽田野透は、親戚や友人、教師の反対を押し切って美大に進んだ。しかし四年生になったある日、彼は絵が描けなくなる。この世界を生き抜く唯一の手段だった、友だった、絵を描くという行為が、彼の手から離れて行ってしまった。卒業後の未来も見えず自暴自棄になる羽田野のもとに、美大進学を唯一応援してくれた母から連絡が入る。母親には本当のことを言えず、羽田野は嘘ばかりを重ねていく。

羽田野は雨の河川敷で奈々という一人の女性と出会う。「帰る場所がない」と話す彼女を、羽田野は自宅に連れ込んでしまう。互いの素性を知らないままの奇妙な共同生活が始まったが、だからこそ羽田野は奈々のいる生活に徐々に安堵していく。心を許していく。少しずつ少しずつ、奈々という一人の人間をもっと知りたいという感情に囚われていく。すると当然、奈々は羽田野という人間について知りたいと要求してくる。安定していた穏やかな生活に、少しずつ嘘が混じり始める。

ある日、羽田野は街中で見知らぬ若い男性と楽しげに会話する奈々を目撃する。「あの人は誰?」という質問が引き金となり、二人は口論になり、奈々は羽田野の家を飛び出す。安らぎの時間はいとも簡単に消え去ってしまった。

奈々のいなくなった部屋は、確かに自分の部屋のはずなのに、嫌に広くて、虚しくて、寒々しい。

そんな場面から、今日の撮影は始まる。

「カメラ回りました」

原田が言い、俺は周囲に目で合図をした。木脇がカチンコをカメラの前で構える。

「本番行きます。よーい……スタート！」

自分の叫び声と同時に、耳の奥が一気に冷たくなった。

俺の目の前で、双海大樹は――羽田野透は、奈々が出て行ってしまった玄関の戸を呆然と見つめている。

独りになった部屋の中で、羽田野は手元にあったスプーンを取り上げて壁に投げつける。スプーンが畳に落ちる音を合図に、羽田野の溜まりに溜まった絵が描けないという苛々や、自己嫌悪や、将来に対する不安や、孤独感や寂しさや憤りが爆発する。

次の瞬間、羽田野は目の前のテーブルを蹴飛ばして立ち上がる。テーブルがひっくり返り、茶碗やグラスが畳の上を転がる。棚に置かれていた書籍や窓のカーテンレールにかかっていた洗濯物。目に入ったあらゆるものを、羽田野はうなり声とも悲鳴とも取れる声を上げながら破壊する。

テストも行った。テイクもここまでかなり重ねた。撮影が押しているのもお構いなしに、納得がいくまで撮ると決めた。なのに、羽田野のこの姿を何度か見たはずなのに、彼の動きに、息づかいに、声に、びくりびくりと自分の肩が震えるのがわかる。肩で息をする羽田野の視界に、真っ白なキャンバスが入り込む。今の自分自身を象徴するような、何も描かれていないキャンバスが。

羽田野は何も言わず、右手を振り上げる。絵筆を握るべき右手を、キャンバスに振り下ろして叩き割ろうとする。

でも、その拳は寸前のところで止まる。羽田野の荒々しい息づかいだけが、狭いアパートの一室に響く。拳を降ろした羽田野は、すすり泣きながら崩れ落ちる。うずくまって、額を畳に擦りつけ、畳の編み目を爪で掻きむしるようにして、泣く。

雨音のようなすすり泣きは、ひたすら長く長く、部屋の中に響き続けた。これが撮影だということも忘れて、彼がこのままどうなるのか見守っていたい衝動に駆られた。

しかしその衝動を蹴散らすかのように、部屋に携帯電話の着信音が鳴り響く。羽田野は肩を震わせながらポケットから自分のスマホを取り出す。電話の相手は母だった。出ようと思ったが、しゃくり上げる声が止まらないことに気づいて、やめる。電話が切れて、母が留守電にメッセージを残してくれたことに気づいた。

スマホを耳元に持っていき、羽田野は母の声を聞く。

透、絵、ちゃんと描けてるの？　母のそんな言葉に、羽田野はキャンバスを見上げる。濡れた目を見開いて、唇を震わせて、真っ白なキャンバスを見上げる。

「――カット！」

俺の上擦った声に、カチンコの音が続いた。

「ＯＫです」

撮れた映像の確認は行わなかった。確信があった。これだ、これが俺の思い描いた『終わりのレイン』だ。

「次、お願いします」

俺が言うより先に、目元を手で拭った双海さんが言う。橋本に差し出された水もタオルも受け取らず、次のカットの立ち位置に移る。先程まで泣き喚いていたとは思えない凛《りん》とした態度に、俺の方が気圧されそうになった。

「わかりました、よろしくお願いします」

羽田野がキャンバスから視線をはずすことなく、手探りで床に散らばった絵の具と筆をかき集めるカット。

銃口を突きつけられたかのように、震える手で筆に絵の具をなすりつけるカット。

全身から血が噴き出すようなうめき声を上げて、筆をキャンバスに叩きつけるカット。

それらを双海さんは、すべて一発でOKを出していった。もはや、俺がOKかNGかを判断する必要なんてないような気がした。双海さんは羽田野なのだ。羽田野がこうしたのなら、それが正解なのだ。そんな風に思えてしまう。

原田に撮れた映像を見せてもらいながら、背筋を何かが駆けていくような感覚に襲われた。『終わりのレイン』は確かに俺が作った物語だけれど、映画『終わりのレイン』は俺一人では作れない。多くの人の手を借りて、それが実現していく。その事実に、大声を上げて歓喜したくなった。

「キャンバス、替えますよー」

青い絵の具で線が引かれただけのキャンバスを木脇と橋本が運び出し、代わりに同じ大きさの別のキャンバスを持ってくる。キャンバス全体を覆っていた布を取り払うと、下から絵が現れた。

「凄いな」

思わず、そう声を漏らしていた。

雨の絵だ。北川の知り合いの美大生に描いてもらった、羽田野透の絵。この場所で見るとまた違った印象を受けた。今しがた魂を砕くようにして筆をぶつけた羽田野が描いた絵なのだと思える。疑う余地もないくらいに。

「監督、こんな感じでどーでしょうか？」

俺の背後では、双海さんが木脇の手によって絵の具塗《まみ》れにされていた。筆を使って手足、顔、服に至るまで、色とりどりの絵の具をつけていく。

「いい感じ。がっつり描きました、って感じだ」

絵の具を乾かしてから、双海さんは再びキャンバスの前に移動する。準備している間に、照明スタッフが室内のライティングを大幅に変更していた。先程までは部屋を暗くして夜のシーンを撮っていたけれど、ここからは昼だ。

奈々が家を飛び出してから、羽田野は翌日の昼までかけて不眠不休で絵を描いた。ひたすらに描き続けた。

照明技師の箕島純平が部屋の中央に立って、自分を取り囲む照明の数々を睨みつけていた。箕島が他の照明スタッフに指示を出したり、自らの手で照明の角度や光の強さ、色を調整する度に、部屋の雰囲気が変わる。ただ光量を増やすだけでなく、黒い布を使って余分な光を《切る》作業も行う。

本物の日差しだけでは表現しきれない、昼間の澄んだ光を生み出していく。

「監督」

畳に胡座を掻いて台本を睨みつけていた双海さんが、顔を上げる。クランクイン初日のような不機嫌そうな顔を、彼は相変わらずしている。ただその奥に、確かに本気を感じられるようになった。

「絵を完成させたあと、畳にへたり込んでそのまま寝転がるってことですけど、勢いよくぶっ倒れてみてもいいですか？」

「ぶっ倒れるって、後ろ向きに？」

「そうです。びたーん、って。この間、この絵を描いてくれた辻井さんに聞いたんですけど、本当にぎりぎりの状態で描き上げると、へたり込む余裕すらないって。意識が飛んで倒れる人もいるって」

台本を一瞬だけ確認し、俺は頷いた。

「双海さんの、思った通りに、見せてください」

俺が深く考えることなくＯＫを出したのが意外だったのか、双海さんはきょとんとした顔でこちらを見上げた。けれどすぐに「ありがとうございます」と会釈して、撮影は始まる。

カメラが回り、双海さんは宣言通り絵を完成させて倒れた。本当に意識を失ったかのような倒れ方だったから、アドリブでやられていたら撮影を止めたかもしれない。

それくらいリアルな倒れ方だった。カットをかけた直後、「頭打ってませんかっ？」とみんなで双海さんの顔を覗き込んだくらいだ。

OKを出すことに、ためらいなどなかった。

「凄いなぁ」

少し離れたところで、奈々役の入田さんが感嘆の声を漏らした。本当に凄い、いいものが撮れた。そう感じられる撮影だった。

「すみません！　休憩したいところなんですけど、時間がないのでさっさと移動します！」

スケジュール表を手にした橋本が、全スタッフに叫ぶ。今日は午前中にこのアパートでのすべてのシーンを撮影し、午後は屋外でエキストラを入れて大がかりな撮影を行う。『終わりのレイン』のラストシーンだ。

「どっかの下手くそがリテイクばっかり出すから、とんでもねえスケジュールだな」

ぶつくさ言う双海さんの後ろに続いた入田さんが「すみません、すみません」と連呼する。

「でも、昨日と一昨日は双海さんだって……」

と言いかけた入田さんを双海さんが一睨みで黙らせ、ふて腐れたように部屋を出て行く。

役者の二人を車で撮影場所である公園へ送り出し、他のスタッフも車や電車で移動する。俺も北川と橋本、木脇と一緒に大通りでタクシーを拾って乗り込んだ。

「大丈夫かなぁ」

助手席で運転手に行き先を告げた木脇が、スケジュール表と睨めっこしながら唸る。安原組が撮影期間として当てていた日程は、今日が最後なのだ。双海さんの言う通りリテイクにリテイクが重なったせいでスケジュールは押しており、本来なら今日はラストシーンの撮影だけのはずだったのに、羽田野が絵を描くシーンも撮影しなくてはならなくなった。

「も、申し訳ございません……」

北川と橋本に挟まれる形で後部座席に座った俺は、木脇だけでなく全員に向かって頭を下げた。木脇がこちらを振り返って「いやいや、安原君は謝らなくていいよ」と言ってくれたが、概ね俺の責任だ。

「前向きに考えるなら、ここから何も起こらなければ撮影期間に収まりそうだ」

隣で橋本が窓ガラスに頭を押しつけるようにして言う。溜め息交じりだったが、表情はそこまで深刻ではない。目の下に隈《くま》はできているけれど。

「エキストラを二十人も集めたんだから、今日のうちに終わらせないと予算オーバーだよ」

よろしくね、安原君。そう木脇に言われ、力強く頷いた。

「二十人だもんなあ、手こずりそうだ」

腕を組んで笑う北川に、俺は肩を竦める。役者が二人でも大変なのだ。二十人もいたら、一体どうなるのか。こんな大勢のエキストラを入れる撮影は初めてだった。

「でも、ラストシーンだからな」

しみじみとした様子で言う北川に、俺も思わず「ラストシーンだね」と返した。

「よく、ここまで来れたよ」

言葉にして、改めて痛感した。あのコンペの日から、長かった。それまでの大学生活より、ずっとずっと長かった。濃かった。大変だった。辛かった。怖かった。

でも、すべて清々しく思えてしまう。

タクシーで二十分ほど行ったところにある市立公園が、ラストシーンの撮影場所だ。使用許可が下りたのは午後一時から五時までの四時間。日の入りまでは余裕があるが、設定では真昼のシーンだから、太陽が傾いた状態では撮りたくない。

俺達の乗ったタクシーが公園の駐車場に着くと、午前中から別働隊として公園に入っていたチーフ助監督の篠岡と他のスタッフ達が、双海さんと入田さんの衣装とヘアメイクの準備を進めてくれていた。エキストラへの演技指導も俺の指示通り済ませており、スタッフの準備が整えば、いつでも撮影が始められそうだ。

公園内の池の畔《ほとり》。木々が心地よい木漏れ日を作る場所に立ち、俺は照明スタッフがライトを立てるのを見守った。今日は天気もよく、ラストシーンに相応しい爽快感のある絵が撮れそうだった。

「あのさあ、安原」

北川に呼ばれた。

「さっきは、助監の二人がいたから言わなかったんだけど」

「何？」

「エキストラがいるからとか、予算がとか、気にしなくていいから」

地面の土や小石を踏みしめながら、北川はゆっくり俺の隣に並んだ。周囲には聞こえないよう、小声で話してくる。

「いや、でも」

さすがに今日は、まずいだろう。そう言いかけた俺の言葉を奪うように、北川は

「何とかするよ」と笑った。

「時間と金なら、何とかなると思うからさ。せっかくここまで来たんだ、納得いくまでやれよ」

本音なのだろうか。それとも、俺を安心させるための嘘なのだろうか。考えたが、俺には見破れない気がしてやめた。

「さっきの絵を描くシーン、よかったよな。暴れるカットも留守電を聞くカットも」

「うん……凄く」

全身の血が沸き立つようなあの感覚を何とか言葉で伝えられないかと思ったが、俺が悩んでいるうちに北川が口を開いた。

「いい映画になったなー、って思ったんだ」

「さっき？」

頷いた北川は、そのまま眩しそうに木々の間から空を見上げた。

「あれがいいとか、どういいとか、いろいろ言えることはあるけどさ。とりあえず『終わりのレイン』はいい映画になったんだ、って思った」

「そうか、よかった」

「まあ、これから超絶怒濤の編集作業が待ってるんだけどな」

けらけらと笑う北川に、今更のようにそうだ、と思った。『終わりのレイン』はクランクアップしても、まだ完パケには膨大な工程が控えている。

まだ『終わりのレイン』は終わらないのだ。カンヌへの道は、遠い。

「カンヌ……」

自分達が目指しているものを改めて思い出して、笑い出したくなった。いや、笑い出していた。

「もしかして、怖じ気づいてる？」

そう言って食えない笑みを浮かべる北川の脇腹を、俺は肘で小突いた。北川は大袈裟によろけて見せて、それがまたおかしかった。

背後から声がして振り返ると、衣装を着替えた双海さんと入田さんが木脇に連れられてこちらにやって来た。双海さんは絵の具塗れの体を綺麗にし、入田さんは実年齢より少し大人っぽく見えるオフィスカジュアルで全身をまとめている。

いよいよ、ラストシーンが始まるのだ。

三、僕は映画の世界になんて行けない

◇北川賢治

編集室には水森しかいなかった。愛用の眼鏡を机の上に置き、モニターに背を向けて目頭を押さえている。これは、なかなかお疲れのようだ。

「水森ぃ、ちょっと休憩したら？」

僕がコンビニの袋を掲げると、彼は「おう」と短く言って立ち上がった。パソコンの前で少しだけ作業をして、編集室を出てくる。廊下のベンチに座った水森に、「肉まんとあんまん、どっちがいい？」と紙袋を見せた。

「糖分くれ、糖分」

震える手を差し出した水森にあんまんを渡し、僕も隣に腰掛けて肉まんを頬張っ

た。買ってからムサエイまで少し歩いたけれど、まだ温かい。

「他のみんなは？　今日は一人なの？」

「さっきまで三人でいろいろ言いながらやってたけど、とりあえず片がついたから」

中の餡《あん》が熱かったのか、水森は顔を顰めながら顎を上下に動かす。目元にうっすら隈が浮かんでいた。

「ここからが恐ろしいけどな」

「恐ろしい？」

首を傾げた僕に水森は笑う。あんこのこびりついた唇をニッと吊り上げて、まるでこの先に待っている地獄を予見するようにして。

「俺、撮影には一度も顔を出さなかったけど、いろんな奴から話は聞いてたから。なかなかしんどい現場だったんだろ？」

「まあねー」

思い返すと、あの真夏の太陽が照りつける中、室温が四十度近くある木造アパートの一室で、何十テイクも同じカットを撮り続けたのは狂気の沙汰だった。倒れる人間がいなくてよかった。クランクアップから二ヵ月以上たち、季節は秋を通り越してすでに冬の顔をしている。まだ完パケにはほど遠いというのに、撮影に明け暮れた日々はすっかり昔のことになっていた。

「といっても、どんなに苦労して撮ったカットだろうと、いらねえと思ったらバッサリいってるけどな」

水森が両手をハサミの形にして、ちょきちょきと切る真似をする。

「マジかよ、どのカットよ」

「いろいろだよ」

安原組の編集である水森護の仕事は、撮影した膨大な量の映像を一つ一つ繋げることだ。撮影スタッフは「どんな映像を撮るか？」に散々頭を悩ませるが、編集技師の役目はそれらの映像を「どう魅せるか」だ。だから、水森は撮影現場には一度も顔を出さなかった。頑ななまでに、存在を消していた。決してサボっているわけではなく、撮影された映像を誰よりも客観的に見るためだ。

「いいけどさ。このカットは撮るのが大変だったから絶対入れよう、なんて言いながら、不要なカットを無理矢理ねじ込むよりは」

「このあと安原からどんな指示が出るのか、戦々恐々としてるよ」

それぞれが肉まんとあんまんを食べ終えた頃、安原がやっと現れた。バイト帰りだという安原と一緒に三人で、編集室へ入る。

「この前見せた粗編《あらへん》からタイミング取ったりいろいろやって、録音の連中が録ってきた音も全部入れてある」

カチリ、カチリとマウスを動かし、水森は編集したての映像を再生してくれた。

九月に撮影した映像素材をパソコンに取り込み、OKが出たカットのみを繋いで作った粗編は先日確認した。それに録音スタッフが調達してきた効果音やBGMをのせ、別録りした双海の声をモノローグとしてのせ、水森が更に細かく編集した。

映像の長さは四十六分。まずは通しで四十六分間の映像を、無言で見た。

「どう？」

水森が安原を見て、次に僕を見る。ひとまず、安原が何か言うのを待つことにした。

顎に手をやり、口元を覆うようにしてモニターを睨みつけていた安原は、ゆっくり瞬きを繰り返した。

「ありがとう、水森。粗編とは全然違うや。凄く、よくなった」

「いらねえと思ったところはバッサリ切ったからな」

「うん。でも、心残りはないよ」

安原は再び黙る。長考の末、「もう一回見てもいい？」と水森に聞いた。水森が映像を再生し、三人でもう一度見た。

二度目の『終わりのレイン』が再生される中、僕はちらちらと安原に視線をやった。水森が時間をかけ、目の下に隈ができるまで粘っただけあって、いい作品に仕上がっていた。でも、何故か安原の表情は冴えない。口では「いいね」とか「凄い」とか言っても、その横顔は何かを考えている。悩んでいる。

「何がどう不満なんだ？」

二度目の再生を終え、水森が率直に安原にそう聞いた。「浮かない顔じゃん」と。

「『終わりのレイン』は長回しが多くて、カット数もそこまで多くなかった。監督である安原と、撮影の原田が、現場でアングルとかアップとかロングとか、カットごとにいろいろ考えてこだわったのが、素材をチェックしてて俺にもわかったよ。だから俺なりに、そのこだわりをしっかり酌み取ろうと思ったんだけど」

「うん、わかってる」

硬い表情のまま、安原は頷いた。

「水森の編集が不満なんじゃない。俺が現場で考えてたものに、もの凄く近い」

「じゃあ、どうして不満そうなんだ」

眼鏡の下から目を擦りながら、水森がさらに問う。安原は再び顎に手をやり、喉の奥で唸った。

「ごめん、なんか……上手く、言えないんだけど。これでいいのかな、って気持ちになって……」

「追加したいシーンでもあるのか」

それ以上言葉が続く気配がなくて、僕は堪らず聞いた。普段からはきはき喋る奴ではないけれど、それにしたって歯切れが悪すぎる。

「それとも、どこかカットが足りないところでもあるか？」

「いや……正直、そこまで具体的に、何か言えるわけでもなくて」

ごめん、と水森と僕に謝罪して、安原は自分の胸に手をやった。ちょうど心臓があるあたりに。

「このへんに、何か、引っかかって、変な感じなんだ」


シャワーを浴びている最中、熱いお湯を出しているはずなのに足下が震えた。

「お前の部屋、やっぱりおかしい！」

頭を拭きながらユニットバスから飛び出し、僕はそのままこたつへ滑り込んだ。安原に借りたジャージの上に、自分のコートを羽織る。

「なんで外より寒いんだよっ、安原の部屋！」

安原と水森と三人で編集室に籠もっていたら、結局終電の時間を過ぎてしまった。水森は自宅が近くだからそのまま歩いて帰り、僕は久々に安原の部屋に泊まることにした。前は九月だった。窓を開けて寝るような暑い夜だった。十一月も後半に入り、安原の部屋は寒くなっていた。

「そんなに寒いかなあ」

安原もこたつに入っているが、寒がっている様子はない。

「東北出身だしな、俺。あと、慣れちゃった」

寒いなら強くしよっかと、安原はこたつのコードをたぐり寄せ、温度を目一杯上げてくれた。

「ありがとよ」

「大学に長居させたのは俺だし」

天板に顎を置き、安原が大きな溜め息をつく。

「結局、何をどうしたいかは、まーだわからないわけ？」

帰る途中でラーメン屋で夕食を済ませたときも、同じ質問をした。やはり答えは出ないようで、安原が天板にぐりぐりと額を押しつける。

「ごめん、上手く言えない」

「だろうと思った」

散々話をしたのに答えは見えない。安原もひとまず、水森の編集した『終わりのレイン』にはOKを出した。もちろん微調整は必要だし、このあとも工程は残っている。でも今夜、人心地つくくらいは許されるはずだ。

濡れた髪を自然乾燥させようと思っていたが、寒さに耐えられず安原にドライヤーを借りた。二時過ぎまで適当にバラエティ番組を見て、その間もずっと難しい顔をする安原を見かねて、寝ることにした。

「北川、寒いなら、ベッド使っていいけど」

俺、こたつで寝るし。安原はそう言うが、それも悪い気がして首を横に振った。

「さすがに凍死はしないだろ」

座椅子を倒してこたつに足を入れ、試しにコートを着たまま毛布を頭から被る。程よく温かかったので、このまま寝ることにした。

「明日も大学行って、とりあえず気が済むまで見るか？」

「そうだね」

どこか自嘲を含んだ笑いをこぼし、安原はベッドへ移動した。枕元にあった薬の箱に手を伸ばし、中から錠剤を取り出してペットボトルのお茶で流し込むのを、僕は毛布にくるまりながら見ていた。

「体調でも悪いの？」

ベッドに手を伸ばすと、ぎりぎり薬の箱に指先が届いた。表面に書かれた薬の名前と効果を確認して、「はっ？」と声を上げた。

「安原、なんで睡眠薬飲んで寝てんの？」

「最近、寝られないんだよね」

あははっと笑いながら何食わぬ顔で頷かれ、言葉を失った。

「そんな顔しないでよ」

大袈裟だなあと言って、安原は布団に潜り込む。「電気消して」と蛍光灯から伸びる紐を指差され、言われた通りに引っ張った。

何か安原に話しかけようと思うのに、どんな話をすればいいのかわからない。そうしている間にベッドから寝息が聞こえてきて、仕方なく僕も眠ることにした。

卒制の撮影が終わったとはいえ、編集作業はまだまだ続いているし、安原もずっと気を張っているのかもしれない。そんなことを考えていたら、あっという間に一時間ほどたってしまった。僕の方が目が冴えて眠れない。安原から睡眠薬を拝借しようか。スマホの画面で時間を確認しながら、そんなことを考えていたときだった。

安原のベッドのマットレスが揺れた。寝返りを打ったのかと思った。でも、すぐに違うとわかった。

うめき声が聞こえた。溺《おぼ》れているような、生き埋めにされているような、おどろおどろしい声がした。一瞬、この部屋に僕と安原ではない第三者が、もしくは獣でもいるんじゃないかと思った。

でもすぐに、うめき声の正体が自分の友人だと気づいて、飛び起きた。

「安原……？」

安原は、ベッドにうつぶせになったまま両手をばたつかせていた。何かから必死に逃れようとしているみたいだった。

「安原っ！」

肩を引っ摑んで仰向けにさせ、体を揺する。それでも目を覚まさなくて、試しに頰を強めに叩いてみた。二度、三度と叩くうちに、徐々にうめき声は小さくなり、安原は薄目を開けた。ああ、帰ってきた。どこからかはわからないけれど、こいつはちゃんと帰ってきた。

「どうした、安原」

問いかけると、安原はしばらく天井を見つめていた。胸を上下させ、少しずつ意識を覚醒させていく。睡眠薬を飲んだのに短時間で起こされてしまったせいか、しかめっ面で苦しそうに深呼吸を繰り返した。

「悪い夢を見た」

怖いくらい淡々とした声で、安原は僕の問いに答えた。

「どんなよ?」

「『終わりのレイン』が完成しないんだ。完パケする前に卒制の締切が過ぎちゃって、カンヌにも応募できないんだ」

「安心しろよ。水森のおかげで順調だよ」

「撮影中に、みんながもうやってられないって言って現場を出て行くんだ。撮影が続けられなくなるんだ」

「もうクランクアップしただろ。みんな最後まで僕等に付き合ってくれたし」

一つ一つ訂正しながら、悪いとは思いつつ笑いが込み上げてくる。強情なまでに自分の理想を追求できるくせに、夢の中でスタッフに見限られるのが怖いのか。

「図太いんだか繊細なんだかわかんない奴だよ、ホント」

笑いを嚙み殺す僕を、安原はぼんやりと見上げてきた。その口が、ゆっくりと動く。

「北川」

「なんだよ」

「俺の母さん、もうすぐ死ぬんだ」

え？　と、間抜けな声が出た。母さん。死ぬ。その単語が上手く自分の中に入って来なくて、理解するのに時間がかかった。その間も安原は口を動かし続けた。

珍しく、饒舌《じょうぜつ》に。

「去年の夏に、癌で余命宣告された。一年だった。もうとっくにその一年は過ぎたんだ。俺は、俺をたった一人で育ててくれた母さんを田舎に残してムサエイに来たんだ。せっかく地元の大学に二年も通ったのに、卒業して就職して楽させてやろうと思ってたのに、中退して東京に来たんだ。余命一年って言われたのに、帰らなかった。ずっと映画撮ってた。母さんは多分観られないのに、卒制の監督をやりたいって思った。絶対に地元の……よく二人で行ってた映画館で上映するから一緒に行こうって約束までしてて」

『終わりのレイン』を地元の映画館で上映したい。その理由を、安原は詳しくは語らなかった。理由も、安原の本音も、僕が受け止めるには大きすぎた。

「撮影中は、撮影が上手く行かない夢ばっかり見た。毎日見た。撮影が終わっても、『終わりのレイン』を完成させられないまま母さんが死ぬ夢ばかり見る。怖くて寝られなくなる」

安原にかける言葉を探した。でも、僕のどこを探しても、見つからない。そのくせ、違うものはいとも簡単に見つかる。死にたくなるほど、最低な感情を。

僕は、なんて奴だ。

安原が薬を飲むのに使ったお茶のペットボトルが、床に転がっていた。拾って、安原に渡してやる。礼を言われる前に、僕は立ち上がった。

「北川？」

「ごめん」

謝った瞬間、暗闇でもはっきり、自分の視界が歪んだのがわかった。安原が口を開いたが、何も聞こえなかった。

何度も名前を呼ばれた。北川、北川、北川。それを無視して、僕は安原の家を出た。玄関の戸を閉める瞬間、安原がベッドから降りる音が聞こえたから、走ってアパートの敷地を飛び出した。

十一月の夜は寒かった。夜風に頬が痛かった。なんだかんだで、あいつの部屋は暖かかったんだ。走ると体はどんどん熱くなっていく。煮えたぎるように、どろどろと内臓が溶けていくように。

道と並行して走る鉄道の高架には、もう電車の姿はない。周囲は車通りもなく静まりかえっていた。駄目だと思ったのに、僕は叫んでいた。叫びながら安原から逃げた。叫んでいないと死ぬ。この感情に飲み込まれて自分が消えてしまう。

安原が今まで撮ってきたすべての映画が頭の中を流れていった。優しい話ばかりだった。世界は優しくて、今がどんなに辛くても、きっと最後にはみんな幸せになれる。それを誰かに伝えようとしている映画だった。優しさばかりで、子供っぽくて、つまらないと思った。でもあれはきっと、すべて母親のための作品だった。たった一人の母親のために、あいつはずっと優しい映画を撮り続けた。そしてその母親を、もうすぐ失おうとしている。

駅前のロータリーまで来ると、この時間でも人の気配があった。コンビニには明かりが点いており、二十四時間営業の居酒屋からは人の声がする。

とっくに終バスが出発したバス停のベンチに座り込み、胸を押さえた。息が苦しかった。眉間の奥で鈍痛がした。すべての痛みが、自分の体温が、訴えかけてくる。

安原槙人の抱えた過去を、物語を、葛藤を、切実さを。

今、堪らなく羨ましいと思っている自分が、確かにここにいることを。

＊＊＊

「いいね、いい感じ」

いつもより大きめのモニターで『終わりのレイン』を見終え、安原が真っ先にそう言った。僕も「すげー、いいよ、これ」と続いた。背後でモニターを見ていた水森は表情を大きく変えなかったけれど、満更でもなさそうに「よかった」と肩を竦めた。

「三人はどう思う？」

隣に順番に腰掛けていた助監督の三人に聞いてみるも、僕達と同じ意見だった。木脇に至ってはしみじみとした顔で、「やっと完成だねえ」なんて呟いていた。

十二月に入り、卒業制作『終わりのレイン』は提出に向けて最後の詰めに入った。すでに一本の作品としてしっかり形はできあがっており、あとは何度も通しで確認しながら微細な色や明るさ、音量の調整を行うだけだ。

安原が水森に細かなシーン番号を挙げて調整の指示を出し、今日やるべきことは終わった。締切まであと一週間ほどあるが、余裕を持って完成させられそうだ。

「安原、ちょっといいか」

木脇と話していた安原に僕は声を掛けた。安原は、一瞬目の奥に戸惑いの色を覗かせる。あの夜、僕が彼の家を飛び出して以降、話しかける度にこいつは必ずこういう顔をする。安原に話しかけられた僕も、きっと同じような顔をしているのだろう。

あの夜のことを、僕は言い訳することも、事情を話すこともしなかった。翌日にただ「悪かった」と言って、それで終わりにした。本当のことを言ったら最後、もう自分達はお終《しま》いだと思った。監督とプロデューサーとしても、友人としても。

「字幕のことなんだけど、親父がいい会社を紹介してくれた」

作品はほぼ完成しているからもうスタッフに隠す必要もないのだけれど、それでも一応、廊下の隅に安原を呼んで話をする。

カンヌ国際映画祭に出品するためには、日本語作品は英語かフランス語の字幕をつけなくてはならない。『終わりのレイン』が完パケしたら、それを字幕制作会社に送って、字幕を作ってもらう必要がある。その資金を準備するために、僕達は秋に入ってからアルバイトに奔走した。

「そっか、よかった」

字幕制作会社に連絡したところ、二人で十二月の頭までに用意できた金額で字幕の制作は可能だった。年明けのシネフォンダシオン部門の締切にも、ぎりぎり間に合う。

「ひとまず完パケさせて、みんなで試写して、その後そっちの準備も始めよう」

小さく頷いた安原に、僕は「じゃあ」と言って目の前にある階段を下りようとした。けれど、安原に呼び止められた。そんな予感がしたから、驚きはしなかった。

「あのさ」

後頭部をがりがりと掻きながら、安原は視線をさまよわせた。

「ちょっと、相談がある」

「相談?」

「いや、相談っていうか、まだ相談にもなり切ってないっていうか」

沈黙した安原は、困ったように口をもごもごしながら、やっとのことで「俺の愚痴を聞いて」と言ってきた。

何の愚痴なのか。何を僕に聞いてほしいのか。いくつかの候補が思い浮かんだ。

「悪い」

胸を撫で下ろすような気持ちで、謝罪した。

「今日、このあと人と会う約束があるんだ。明日とかでもいいか?」

今度でもいいかじゃなくて、明日と言ってしまうあたり、安原に対する罪悪感の表れなんだろうなと思う。

困ったように頷く安原に手を振って、僕は小走りで階段を下りた。エントランスを出て、駅に向かって歩いた。これじゃあまるであの夜と一緒だ、なんて思いながら。

「辛気くさい顔」

久々に会った第一声がそれかい。そう毒づいて、頰の筋肉が重たいことに気づいた。

「完パケ前でいろいろしんどいんですよ」

新宿駅に着く頃にはすっかり夜だった。夏頃は七時頃まで明るかったのに、最近は四時半を回ったら暗くなってしまう。

東口の交番前に現れた僕を見て怪訝な顔をした双海と新宿の街を歩き、客引きをしていたチェーン店の居酒屋に入った。

「双海さんは調子どうですか？　一月から放送のドラマの撮影は」

ビールで乾杯して、とりあえず互いの近状を報告する。

「いい調子なんじゃないの？　主人公と同僚がよく行く喫茶店の店員役にはそこまで詳しいことはわからんけど。四話までしか出番ないしな」

「そんな不満そうな顔しないでくださいよ」

本当はもっと重要な役のオーディションを受けたのに落選し、店員役に収まったと十月に散々愚痴を聞かされたから、苦笑いを浮かべるしかない。

「『終わりのレイン』の試写、この間お知らせした通り来週の月曜にやりますんで」

「ああ、空けてあるよ」

双海が適当に注文した料理を突きながらしばらく話をしていたら、彼が唐突に「……カンヌ」とこぼした。

「カンヌの出品の準備、進めてるのか？」

「とりあえず完パケさえすれば、あとは字幕の手配だけです」

自分で言って、本当にそうだろうかという気がした。編集作業中に安原が見せる、納得のいっていない顔も、今日の「聞いてほしい愚痴」というのも、気になる。

安原の顔が頭を過ぎるのと同時に、どうしてもあの夜のことを思い出してしまう。

「まーた、辛気くさい顔しやがって」

「それで、双海さんはどうして今日、僕を呼び出したんですか」

今日の夜、新宿に来い。半ば命令のような連絡が入ったのは一昨日だった。

「オーディションに受かって、一月から撮影が始まる映画に出ることになった。主演ではないけど、結構重要な役だ」

「へえっ、凄いじゃないっすか。夏頃腐ってたのが嘘みたいな大躍進ですね」

素直に賛辞を送ると、机の下から足を蹴られた。「一言余計だ」と。

「年明け早々、インドネシアに行く」

「えっ、海外ロケなんですか？」

驚いた僕に気をよくした様子で、双海は大きく頷いた。

「ああ、結構でかい作品になるみたいだ」

「それで、どや顔するために僕を呼び出したんですか？」

「飯は奢るんだから、どや顔くらいさせろよ。親父には『それくらいで浮かれるな』って説教食らったんだから」

さすが荒屋敷一樹だな、なんて感心して笑っていたら、双海がすっとしかめっ面を引っ込めた。能面みたいな顔になって、声が真剣みを帯びる。

「あんたが辛気くさい顔をする理由って、安原監督？」

「どうしてそう思うんですか？」

「撮影してる頃、あんたが言ったんだろ。あの監督を気味が悪いと思うことがあるって」

「先に言ったのは双海さんじゃないですか」

「僕もあります、って頷いたのはあんただろ」

そうだった。熱気が立ちこめ、大勢の人が行き交う新宿の交差点の一角で、彼とそんな話をした。

「双海さんは、不幸な奴と幸福な奴、どちらがいい作品を作れると思いますか」

いつか高島先生にぶつけたのと同じ質問を、僕は口にする。

「同じ質問を違う人にしたら、切実さの問題だって言われました」

「不幸だ幸福だ切実な想いだって、俺はそういう質問をしてくる奴が大嫌いだ。切実さの重量を誰かと比べるだなんて、できるわけがない」

双海は口をへの字にして、大きな溜め息をついた。

「俺が芝居を始めた頃、裕福で恵まれた環境に生まれた、苦労を知らない二世俳優だって周りから散々言われた。いつか全員殺す、って思ってる。だから、安原監督とは絶対に馬が合わないって、オーディションで一目見た瞬間に思った」

「どうしてですか？」

「あの人は、見るからに苦労してますって顔をしてる。いろんなものを犠牲にしないともの作りの世界にいられなかったって顔だ。きっと、俺みたいなぼんぼんのことなんて見下してる」

　オーディションでの双海の態度は酷いものだった。あれは、自分の現状に苛ついているだけではなかったのかもしれない。

「……見下してるって、思ってた」

　苦々しげにそう続けた双海に、頬が緩みかけた。

「誰かを見下すなんて芸当、安原には無理ですよ。あいつは僕のことを羨ましいなんて言うんですから」

　言いたいことを自分の言葉で伝えられる僕が羨ましいと、安原は言った。その裏に、お前のような環境に生まれたかったという気持ちがあるかもしれないと思ったこともあったが、安原はそんな器用なことができる人間じゃない。

「僕は、あいつの才能が羨ましいですけどね」

　才能と一言で言い表すのは、違うのかもしれない。映画を撮らないと生きていけない。映画の世界じゃないと生きていけない。切実な想いを抱えて、葛藤を背負って、祈りを胸に作品と向き合えるあいつを、とことん、羨ましいと思う。

　店内は賑やかなのに、僕と双海のテーブルはどんどん静かになる。双海が何度かビールジョッキに手を伸ばし、飲まずにまたテーブルに置いた。

「あんたが自分に切実さがないと仮に思い悩んでいるんだとしたら、それがあんたの切実さなんだろうよ」

顔を上げた双海は、壁に貼られたメニューを睨みつけながらそう言った。

「もしくは、あの監督の才能や切実さはどうしたってあんたには手に入らない、という切実さかな」

ほしいと思ったものが、絶対に手に入らない。それが自分に突きつけられていると思うと、頭を抱えたくなった。ほら、お前も立派な切実さを抱えてるじゃないか。そんな声がして、自分の本音を直視することができなかった。

「俺はあんたが監督をやってるところを見たことがないから、何とも言えないけどさ」

半笑いを浮かべた双海を、肩を竦めながら僕は見た。

「あの、もしかして慰めてます？」

「そんなわけあるかよ」

そう言われて、笑いが込み上げて来た。案外簡単に笑うことができて安心した。

インターホンを押そうとして、そうだ、ずっと壊れてるんだったと思い直してドアをノックする。強めに三回、どんどんどんっ！　と。

しばらくして、恐る恐るという様子でドアが開いた。安原は僕の姿に目を見開いて、どこか安心したように溜め息をついた。

「びっくりしたぁ……誰かと思った」

北川かあ、とドアチェーンをはずした安原は、何も言わず僕を招き入れてくれた。

「どうしたの、こんな遅くに」

僕がこたつに入ったタイミングで、安原は聞いてきた。これを、家に入れる前に聞かないのが、安原なんだよなあ。なんて、思った。ぷっと吹き出して、肩を揺らして笑った。さすがの安原も怪訝な顔をする。

「お前の愚痴を聞きに来たんだよ」

ああ、と声を漏らし、安原はこたつ布団を胸のあたりまで上げた。しばらく迷った様子で首を傾げたり目を泳がせたりして、こう聞いてくる。

「北川は、『終わりのレイン』を、どう思う？　いい映画になったかな」

「ああ。みんなのおかげでいい映画になった。何より、安原が本当にこだわってこだわって、何てことないシーンにも、カット割りにも台詞一つ一つにも役者の仕草にも妥協しないで作った。いい映画だと思う」

「俺も、そう思う」

なのに、安原は言葉に反して俯いた。こいつがそうする理由がわかってしまうから、僕はこたつの天板に頬杖をついて安原を流し見た。

「何に納得できないんだ？」

「……わかんない」

本当に、自分でもわからないんだ。苦しそうに眉間に皺を寄せた安原に、僕は新宿からこの部屋に来るまでに考えたことを、ゆっくり言葉にしていった。

「『終わりのレイン』は、安原槙人の分身だと僕は思う」

ていうか、安原の人生そのものなんだと思う。そう続けると、彼はゆっくり顔を上げて僕を見た。

「そう考えると、よーくわかる。『終わりのレイン』に、安原が何を足りないと思ってるのか。この前ここに泊まったときにお前から母親のことを聞いて、わかった」

『終わりのレイン』は、羽田野が奈々と出会うことで自分の進むべきは絵の世界だけだと改めて実感し、力強く歩んでいく物語だ。自分を美大へ送り出してくれた母のためにも、絵を描き続けることを決心する物語だ。今の安原そのものだ。

だから、わかった。

「お前が『終わりのレイン』で撮りたかったのは、親子なんじゃないのか？　自分でも気づいてないのかもしれないけど、お前は母親のために映画を撮るだけじゃなくて、映画の中で自分と母親を描こうとしてるんだよ」

でも、安原自身はそのことに気づいていない。だから、編集の作業に入って『終わりのレイン』の完成が近づくに従って、違和感と戸惑いを積み重ねた。

僕の言葉を、安原は黙って聞いていた。口を真一文字に結んで、僕から視線をはずすこともせず。窓の外から、電車がすぐ側の高架を走り抜ける音が聞こえる。長い沈黙の果てに、安原がやっと口を開く。

「凄いなあ、北川は。俺の思ってること、俺よりよくわかるんだね」

声は穏やかに聞こえるのに、表情はどこか強ばっていた。

「奈々が部屋を出て行ったあと、羽田野は、母親からの留守電を聞くだろ？　その後、取り憑かれたように絵を描くんだ。絵を完成させて、これまで通りの生活に、戻っていく。脚本を書いてたときや、撮影してたときは、それでいいと思ってた。でも、編集中のを見ると、何かが足りないんだ。多分、北川が言った通りだ。羽田野は……絵を完成させて、きっと……母親に会いに行くんだ」

「安原はどうしたい？」

安原の言葉をしっかり聞いてから、僕は言った。

「どう、って」

「このままカンヌに応募する？　それとも」

それとも。

「……再撮？」

安原は、こちらが言いたいことを酌み取ってくれた。

「安原が思う最高の『終わりのレイン』にするためには、再撮するしかないんじゃない？　母親に会いに行く羽田野を撮らないといけないんだろ？」

卒制の締切は来週だから、ひとまず現状のものを完パケして提出する。卒制としては充分な作品に仕上がっている。そしてカンヌ国際映画祭のシネフォンダシオン部門の締切までは、あと一ヵ月ほど猶予がある。急げば再撮影、編集もできる。ぎりぎり、間に合う。

「俺、再撮したい」

はっきりと、安原はそう言った。頷いた。直後、不安そうに眉を寄せる。

「でも、安原組のみんな、付き合ってくれるかな。双海さんと入田さんも」

「それは頑張って交渉してみるしかないな。カンヌの件もちゃんと話して、文句言われるのは覚悟の上で、説得するしかない」

「でも、北川……お金はどうする？」

「予算も綺麗に使っちまったしな」

まあ、どうにかするよ。当てなんてないのに、そんな風に僕は口走っていた。

「僕は再撮に必要なものを手配するから、安原は追加の脚本と絵コンテを作ってくれ。試写会の日には安原組が全員集まるから、そこでみんなに発表しよう」

言いながら、やっぱりこの部屋は寒いなと思った。十二月に入って、よりそう感じるようになった。目の前にいる男は、この部屋で三度の冬を過ごした。この寒さに包まれて、一体何を考えて眠りについていたのだろう。

「乗ってくれるかなぁ、みんな」

自信なさげに目を伏せた安原に、僕はひたすら虚勢を張った。

「乗せるよ。それがプロデューサーの仕事だ」

◇安原槙人

ムサエイにある小さくて古い試写室が、拍手で包まれていった。スタッフロールが流れ、安原組のスタッフ達が自分の名前をしみじみと見つめる。本当ならこれを感慨深く見ているはずだっただろうに、俺は両膝の上で拳を作っていた。深呼吸をしてみたけれど、心臓の鼓動が静まる様子はなかった。

映像が完全に終わり、暗かった試写室に明かりが灯る。その瞬間、隣に座っていた北川が立ち上がった。遅れて俺も立ち上がり、あとを追う。

スクリーンの前に立った北川は、「皆さん、お疲れさまでした」とにこやかに座席に向かって話し始めた。撮影前から走り回り、撮影を円滑に進めてくれた助監督の三人をねぎらい、暑い中じっくりと俺に付き合ってくれたスタッフに礼を述べ、ついこの間まで地道に地道に編集作業に携わっていた編集スタッフに頭を下げた。

その上で、「みんな、ごめん！」と謝罪した。

「えー、皆さん、僕と安原は、安原組のみんなに隠していたことがあります」

北川の隣で、俺も口を引き結んで頷いた。あまりに深刻に見えてしまったのか、集まった面々は「えええー」と周囲の人間と顔を見合った。

「まさかだけど、予算を使い込んでたとかじゃないよね」

挙手したチーフ助監督の篠岡は表情こそ冷静だったけれど、目の奥で確かに「もしそうならタダじゃおかねえ」と言っていた。そんな篠岡を宥めつつ、北川は続けた。

「実は、僕と安原は『終わりのレイン』をとある映画祭に応募するつもりで、この半年間制作を進めてきました」

北川の告白には誰も驚かなかった。卒制を映画祭に出品するのは珍しい話ではない。

「映画祭というのは、来月締切のカンヌ国際映画祭シネフォンダシオン部門です」

カンヌ。この言葉はムサエイにいる人間にとって、やはり特別だ。しんと静まりかえった試写室で、俺はそれを肌で感じた。誰も何も言わなかったけれど、全員が、すっと息を止めたのだ。

「『終わりのレイン』で、シネフォンダシオン部門でのノミネートを狙いたい。日本人監督がノミネートされたら四年振りになる。ムサエイの名前も大きく報道されて、志願者も増えるはずだ。コンペの結果発表のときの高島先生の言葉を借りるなら、ムサエイの意地を世界中に見せてやろうぜ、ってこと」

北川の演説に最初に反応したのは、やはりチーフ助監督の篠岡だった。他のスタッフを代表するかのように、すっと手を挙げる。

「今観た『終わりのレイン』を出品するってことなら、反対する人はいないと思うけど」

篠岡の言葉に、他のスタッフも頷く。俺の隣で、北川が浅く息を吸う。

「カンヌ国際映画祭に出品するに当たって、どうしてもやらなきゃいけないことがある。みんなの力を借りて、どうしてもやらないといけないことが」

ゆっくりと瞬きをした北川が、こちらを見た。

「再撮を、させてください」

自分の声が、静かな試写室に溶けて消える。北川の声と違って、響かない。こういうところが駄目なんだろうな、と思ってしまう。

「卒制の提出までに、完全な『終わりのレイン』を作りあげられなかったのは、すべて俺の責任です。本当にすみませんでした」

床に額をぶつける勢いで頭を下げて、さらに続けた。

「でもまだ、『終わりのレイン』は未完成なんです。俺はこの作品を完成させたい」

この映画は俺なんです。俺の今までの人生そのものなんです。完成させないと、俺はここから先に行けないんです。北川から借りた言葉を必死に並べたら、隣で彼も自分と同じくらい深く頭を下げていた。

「監督がこう言う以上、僕もプロデューサーとして、作品を完成させたい」

顔を上げた北川は、試写室を見回す。

「だから、再撮をさせてください」

　刺すような視線を浴びながら、俺は背筋を伸ばした。真っ先に木脇と目が合った。ごめん、という気持ちが真っ先に湧いてきて、小さく頭を垂れた。木脇が身を乗り出して、「私は……」とスタッフと俺達を交互に見る。

「私は別に、卒制さえ撮っちゃえば別にやることもないし、再撮するのは構わないんだけど」

「もちろん、僕も参加を強制するつもりはありません。就職先からバイトに来いと言われてる人もいるだろうし、再撮なんてやってる場合じゃないという人は、無理をしないでほしい」

　北川の言葉に、また試写室は静かになった。居心地の悪い沈黙だった。

　それを次に破ったのは、撮影監督の原田だった。

「私はやるよ」

　座席に深く座り、腕を組んで、はっきりとそう言う。

「あれだけ頑張って撮ったものが未完成だって言われたら、完成までやらないと気持ち悪いもん。自分の大学が潰れかけだ何だって叩かれるのも腹立つし、世間にぎゃふんって言わせてやりたいし。カメラマンがいないと始まらないでしょ」

原田は近くに座っていた照明技師の箕島や、録音技師の坂井の肩を叩く。「あんた達もやるでしょ？」と。二人が頷いてくれたことで、まるで波紋が広がるみたいに、試写室が少しずつ熱を持っていく。

「十二月中だ」

座席の後方から、そんな声が飛んできた。双海さんと、入田さんが並んで座っている。双海さんは立ち上がると、鋭い目で俺を見下ろしてきた。

「年が明けたら俺はジャカルタに行く。撮影で二週間は帰って来ない。俺が羽田野をやれるのは今月いっぱいだ。それでいいなら、あんたらの賭けにのってやる」

入田さんも、「私は大学も冬休み中なので大丈夫です！」とこちらに向かって手を振ってくれた。これで、役者の了承は得られた。

「木脇さん一人に助監をやらせるわけにいかないから、私と橋本もできる限り手伝います」

篠岡が橋本をちらりと見て、彼もスマホで今後のスケジュールを確認しながら「できる限り、な」と頷いた。

頭の中でスタッフリストを埋めていく。助監督、撮影、録音、照明、そして――。

「十二月中に撮った素材を、年明けに死ぬ気で編集しろってことだろ」

隅の席に座っていた水森が、悩ましげに眉間を押さえる。「やっと解放されると思ったのに……」とこぼした。

「最高の作品だと思って送り出したけど、監督が未完成って言うなら、やるしかない」

何とか再撮の算段がついた。主要メンバーがやると言ってくれて、他のスタッフ達もできる限り協力するという方向でまとまった。

「でもさあ、再撮の予算なんて残ってるの？」

再び原田がそう言って、俺ではなく北川を見た。役者にギャラを払う必要だってあるし、機材をレンタルするとなったらそれなりの金額がかかる。金は何とかすると北川は言ったけれど、いいアイデアが見つかったのかどうかまだ聞いていない。

「何日再撮するか知らないけど、タダってわけにはいかないでしょ？」

「もちろん、卒制用の予算は使い切ってるから、別の方法を考えた」

北川が小走りで自分が座っていた席に戻り、いつも持ち歩いているＭａｃＢｏｏｋを持って戻ってくる。

「ネット経由でパトロンを募って資金集めをするクラウドファンディングってやつを、先週から始めてみた」

画面をみんなに見えるように向きを変えたので、俺も他のスタッフも身を乗り出して画面を覗き込んだ。

「まだ一週間もたってないけど、パトロンが四人ついて、金額も五万を越えた」

クラウドファンディングのプロジェクトを募るサイトの一ページには、確かにムサエイの名前と『終わりのレイン』というタイトルがあった。経営難の大学を救うために、カンヌ国際映画祭に出品したい。そのための制作資金を支援してほしい。出資のお礼として、映画のクレジットには出資者の名前が入る。『終わりのレイン』の撮影中に、メイキングを制作するためにときどき回していたカメラの映像を繋いで作ったムービーまで、アップされていた。

「何とか、今月末までに最低十万集めようと思ってる。他にもいろいろ当てを探してるところ。この金で『終わりのレイン』の再撮をする」

人手の目処がついた。資金も何とか集められそうだ。再撮影を実現するだけの具体的な要素が揃った。途端に、スタッフ達の間からも熱っぽい吐息が聞こえてきた。みんなが、少しずつ、再撮へ向けて燃え始めた。

「ほーら、安原、こういうときに何か言うんだよ、舵取りをする奴は」

北川に脇腹を突かれ、困った。何と言ったものか迷いに迷って、とりあえず右手で拳を作って胸の前に持っていく。

「それじゃあ、皆さん」

こういうとき、北川だったら何と言うだろう。考えたら、脳裏に彼の背中が思い浮かんだ。天井に向かって拳を突き上げて北川は言うのだ。この場に集まった安原組のスタッフを、最も鼓舞する言葉を。奮い立たせる言葉を。

「みんなで、カンヌに行って、ムサエイの意地を見せてやろう」

＊＊＊

映画は一人じゃ作れないんだと、俺は一人きりの部屋で思い知っていた。築三十年の古い木造アパートは、朝方が一番寒い。吐く息が白くなって、足の指先が自分のものじゃないみたいだった。インスタントの味噌汁をマグカップで飲みながら、今日の撮影スケジュールを見つめる。睡眠薬を飲んで寝たのに、太陽が昇るより先に目が覚めてしまった。二度寝できる気もしなくて、部屋の明かりをつけてスケジュールや台本を確認していた。

再撮影が決まってから、木脇が中心となって撮影場所の手配や小道具の準備を進めた。羽田野の部屋を再現する必要があったから、スクリプターが残してくれた各カットの記録と睨めっこして、全く同じ家具、小物、雑貨、衣装、画材、食材を用意してくれた。もの凄く大変だったと思う。

準備が完了するまでの日数、部屋を貸してくれる大学生の都合や双海さんが稼働できるスケジュールなどの影響で、撮影は十二月末の三日間に絞られた。予備日はない。この三日間ですべてを終わらせなければならない。

今日は、その一日目だ。

味噌汁を飲みながら、今日撮影するシーンの台本を繰り返し読んだ。目を閉じれば、絵の具の香りがする。俺の暮らすアパートは、羽田野透の部屋になる。俺は透明人間になって、その中に佇んでいる。これが俺の《本当》の世界だった。安原槙人という人間が生きている現実の世界より、ずっと大事な場所だった。

この《本当》を、ときどき飛び越えたものがカメラの向こうに現れるときがある。俺の中にあった《本当》など容易く蹴散らしてしまうようなカットが撮れたとき、幸福を感じる。生きていてよかったと思う。

今日の撮影でも、そんなカットと出合いたい。そんな願いと共に、俺は味噌汁を飲み干した。台所の流しでカップを洗い、うっすらと白んできた空を窓ガラス越しに見上げる。

集合時間は午前九時だ。まだ時間がある。一度大学に行って、仮完パケとなった『終わりのレイン』をもう一度観ていようかな。

そんな風に思ったときだった。

スマホの着信音が部屋に鳴り響いた。いつもより大きな音に感じて、びくりと肩を震わせる。こんな時間に電話が来るだなんて、きっと、いい連絡ではない。撮影前に何かトラブルが発生したのか、それとも――。

考えて、息を止めた。嫌な予感に、手が震えていた。震えは指先から掌、腕、そして全身へと広がっていった。

相手の名前を確認しなくても、誰が何のために連絡をしてきたのかわかった。卒制の撮影が始まってから、ずっとずっと、今日かもしれない今日かもしれないと思っていた。その恐怖を忘れるため、没頭した。『終わりのレイン』にのめり込んだ。

鳴り止まない着信音に耳を塞ぎながら、俺はひたすら自分に言い聞かせた。

だから、俺は撮る。

映画にのめり込んだ分だけ、俺は現実から離れられる。着信音が途切れるまで、胸の奥でそう繰り返した。

◇北川賢治

再撮一日目は、午後二時からリハーサルが始まった。本来の持ち主の部屋に戻ってしまったアパートの一室を、再び美大生・羽田野透の住む部屋に生まれ変わらせるのに、予想以上に時間がかかってしまった。

奈々との生活の中で、羽田野は彼女に母親のことを話すようになる。絵が描けないことは伝えられなくても、母親のことは奈々に打ち明けることができた。そんなシーンを細切れに撮っていき、安原の考える本当の『終わりのレイン』に足りないシーンを、カットを、補う。OKが出る度に役者の衣装を替え、部屋の小物の配置を換え、照明も変える。油断すると前後のカットとものの位置や役者の立ち位置、服装が違うものになってしまう可能性がある。スクリプト用紙だけでなく、一度完パケした『終わりのレイン』のDVDを再生し、入念に確認しながら撮影を進めた。

十二月の日は短く、どうなることかと思ったが、何とか日が落ちるまでに昼のシーンを撮り終えることができた。

照明のセッティングを変えている間に、木脇が台所で料理を始めた。次のシーンで使う海老フライを、実際にこの場で作るのだ。

「実家住みの苦しいところだよね。普段料理はお母さん任せだから」

どんな具合だろうと台所を覗いてみると、木脇は苦笑いしながらレシピ本を傍らに置いて海老の殻を剝いていた。

「冷凍海老フライじゃ駄目？　って安原君に聞いたら、嫌だって言われちゃってさ」

安原らしいなあと笑っていたら、「腹減った」「海老フライ食べたい」と台所周辺をうろうろするスタッフの間から安原がぬっと現れた。

「手伝う」

そう言って水道で手を洗って、木脇が塩コショウを振った海老をじっと見つめた。ぼそりと「背わた取ってない」と言って、爪楊枝で器用に背わたを取り始めた。

「母親の手伝いしてたから、ちょっとできる」

自信を喪失して肩を落とした木脇にそう言った安原は、あっという間に卵と牛乳と小麦粉を混ぜ合わせ、パン粉をつけ、熱した油で揚げ始めてしまった。あまりにも慣れた手つきだったから、本当に母親の手伝いをしていたんだとわかる。

安原の隣に、会ったこともない彼の母親が立っているような気がして、僕は思わず後退っていた。このあと撮るシーンがどういうシーンなのかを思い出したら、口の中がカラカラに乾いていった。

海老フライの揚がる音は、雨音みたいだった。

大学から帰った羽田野は、玄関を開けた瞬間にこの音を聞く。なんだなんだと台所へ行くと、奈々が「あちっ、あちっ」と言いながら揚げ物を作っている。今日の夕飯は、海老フライだ。

雨のような油の音に、羽田野は思い出す。昔、自分が幼い頃、母親が夕飯に揚げ物を作ってくれるときも、こんな音がしたと。そして奈々に話すのだ。

「――嫌いな食べ物も、揚げると美味しくなるんだよ」

聞こえてきた羽田野の声に、鳥肌が立った。振り返ると、六畳間で双海が台詞の練習をしていた。テーブルの前に腰を下ろし、目を閉じて、同じ台詞を繰り返す。

「嫌いな食べ物も、揚げると美味しくなるんだよって、よくお袋が言ってたんだ。俺が嫌いなものを、何でも揚げ物にして夕飯に出してくるんだ」

まさにそれが、次のシーンの肝となる台詞だった。羽田野と母親の関係性とか、羽田野の母親への気持ちを表す、大事な大事な。

海老フライを作るついでに入田さんへの演技指導を終えた安原に、双海がおもむろに問いかけた。

「監督の嫌いな食べ物は、何だったんですか」

突然の質問に、安原の肩がぴくりと揺れた。関節がぎしぎしと音を立てるようにぎこちなく、双海を振り返る。背後から刃物で刺されたみたいな、妙な反応だった。

「監督の母親は、どんな食べ物を揚げ物にしてくれたんですか？　参考までに教えてほしいんですけど」

双海は気づいているのだろう。安原が限りなく自分の実体験に近い話を脚本にしていることを。『終わりのレイン』は自分の人生そのものだという言葉の意味を。

「そう、だな。月並みだけど……」

不自然に、言葉が途切れる。安原は口を開けたまま、言葉を探すように目を伏せた。彼がこうやって手探りで話すのはいつものことだ。自分の意見をすっと体の中から取り出せないし、だからといって適当なことは言いたくない。そんなじれったさを感じる。多くの人は、安原がこうしている間にさっさと話を進めてしまう。

ただ、僕は気づいた。この沈黙は、いつもと少し違うのだと。

「……月並みだけど？」

不審に思った双海が首を傾げる。はっと顔を上げた安原が、早口で続けた。

「ピーマンと、ナスと、アスパラガスと……シイタケ、ですかね」

「揚げたら食べられたんですか」

「おかげで、好き嫌いはなくなりました。うちは貧乏だったんで、好き嫌いされるのは困ったんでしょうね、母親も」

「なるほど」

素っ気なく双海は頷き、再び目を閉じてしまった。

脚本には、羽田野の心情はもちろん書かれていない。そこに書かれたト書きだけでは情報が少ない。だから、監督や役者自身が自分の人生から想像する。そういう意味ではやっぱり、自分より安原の方がいいものを作れるのかもしれない。

でも、じゃあ、僕には、何が作れるのだろう。心臓を大きな掌に握り込まれたような感覚を覚え、一瞬だけ、目眩がした。

「それじゃあ、羽田野が部屋に入ってくるところから、お願いします」

安原の指示に、双海とスタッフは玄関から外の通路へ出る。狭い通路にカメラを配置し、ブーム付きマイクをカメラに映り込まないように延ばし、照明を立てる。

「テスト、お願いします」

スタッフとの打ち合わせを終え、安原がカメラ横に置いた箱馬に腰を下ろす。

「安原」

先程の不自然な沈黙が気になって、思わず声を掛けた。ちらりと振り返った彼の唇が引き攣っているのに気づき、僕は確信した。

「何かあった？」

小声でそう聞く。安原はたっぷりと間を置いてから、僕の真意を探るような眼差しを向けてきた。

「大丈夫、何もないよ」

そうとだけ言って、カメラへ向き直る。原田がカメラのファインダーを覗き込み、木脇が周囲のスタッフに「テスト始めまーす」と声を掛けた。

初日に撮るべきカットを撮り終えた頃には、夜の十時近くになっていた。スタートまでに手間取ったから、予定より一時間以上押してしまった。

お疲れ、お疲れさま、お疲れさまでした。そんな言葉が飛び交う中、安原は自分の腕時計をちらりと見やる。しばらく、そのまま動かなかった。

撤収作業が始まる中、安原は音もなく部屋を出て行く。

「安原？」

呼びかけても反応がない。暗がりでもわかるくらい、青い顔をしていた。唇を真一文字に結んで、目を限界まで見開いて。

片付けをする他のスタッフ達の顔を見回してから、僕も部屋を出た。アパートの二階の通路にも階段にも、安原の姿はなかった。敷地の外に出てみても、いない。遠くに行くはずがないと一度アパートの二階に戻ると、アパートの裏手にあるフェンスと雑草に囲まれた場所に、安原を見つけた。

「安原、どうした」

フェンスを両手で摑んで、額を押しつけて、安原はただ黙っていた。駆けつけた僕の呼びかけに、応える気配すら見せなかった。

「安原」

肩を摑んで、数回揺する。やっと、安原は口を開いてくれた。

「今朝……」

真っ白な息を吐き出して、また押し黙ってしまう。もう一度肩を揺すろうとしたら、怖いくらい早口でこう続けた。

「親戚と病院から、電話があった」

伸ばしかけた右手に、キンと冷たい痛みが走った。慌てて手を引っ込め、自分自身に冷静になれと命じる。

「お袋さん？」

フェンスに額を押しつけたまま、安原は頷く。

「容態は、どうだったんだ？　折り返したんだろ？」

それに、たった今まで安原は撮影をしていたのだから。急いで帰省するほどの状態ではないということだ。なら大丈夫だ。

僕の安堵を、安原は首を左右に振って打ち砕いた。

「直接話を聞いたわけじゃないから、わからないけど。留守電のメッセージを聞いたら、夕方の時点ではもう、意識がないって」

「待て」

安原の体をフェンスから引き離す。両手で安原の肩を掴み、無理矢理こちらを向かせてフェンスに押しつけた。

「じゃあどうして、お前はここにいるんだよ」

安原は泣いてはいなかった。その表情をどう言い表せばいいのか、僕にはわからない。わからないことが堪らなく悔しかった。

「だってさ……」

安原が笑っているようにさえ、見えてしまった。

「だって、俺が再撮したいって言ったんだ。俺がみんなを巻き込んで、再撮することにしたんだ。ここで俺がいなくなるなんて、監督がいなくなるなんて、絶対駄目だろ。電話したら、帰らないといけなくなる。帰るしかなくなる。だから、やるしかなかったんだ。俺は監督だから、やるしかなかったんだ」

やるしかなかったんだ。繰り返されるその言葉に、下顎が痙攣し出した。

「ああ、わかったよ。わかった」

友達なら、ここで安原に張り手の一つでも食らわせるべきなのだと思う。どうかしていると。家族を第一に考えるのは当然だろうと。お前の唯一の家族を一体何だと思っているんだと。友達なら、それができたのだろう。

安原の両肩を掴む自分の手の方が、震えてしまっていた。それを誤魔化すように、安原のズボンの尻ポケットに手を伸ばす。こいつがいつもここにスマホを入れているのは、よく知っている。

安原が取り返そうと右手を伸ばす。振り払って、電源を入れた。

「これか、この二宮の叔母さんってやつだろ？」

着信履歴を確認すると、二宮の叔母さんから何十件も着信が入っていた。何も言わない安原に、構わず発信ボタンを押す。そのまま、安原の耳にスマホを押し当てた。

安原は大人しくスマホから響くコール音に耳を傾け、うな垂れた。

コール音が途切れた瞬間、女性の怒鳴り声が僕にまで聞こえてきた。

二宮の叔母さんは、安原を罵った。どうして連絡を寄こさないの。自分の母親が危篤だっていうときに一体何をしてたの。どうせ映画監督ごっこをしてるんでしょう。

こんな状況じゃなければ、この人の言い方に僕だって腹を立てていたかもしれない。でもこの状況では、二宮の叔母さんに同情せざるを得ない。

さっさと帰ってきなさい！　安原をそう怒鳴りつけて、二宮の叔母さんは電話を切った。ぶちっという電波の途切れる音が、安原の中の何かも一緒に切ってしまった。

安原槙人は、そのまますするずると地面にへたり込んだ。

「帰った方がいい」

安原にスマホを返し、そう告げる。

「でも、撮影は明日もある」

「これぱっかりはどうしようもない。延期だ」

「延期なんてできるわけないだろ！」

怒鳴り慣れてない声で、安原が摑みかかってきた。僕の襟首を締め上げて、ツバを飛ばしながら叫んだ。

「できると思ってんのかよ！　主演が年明けに海外に行っちゃうのに、編集だってやらないといけないのに、延期できると思ってんのかよぉ！」

かたかたと震える安原の両手に、さらに力がこもる。

「なあ北川、諦めようなんて言わないよな？　カンヌに応募するのは諦めようなんて言わないよな？　お前だけは……言わないよな？」

僕は唇を嚙んだ。思い切り嚙んだ。カンヌは、再来年応募することだってできる。カンヌに応募するために親の死に目に会えないなんて、そんなの間違ってるだろ。そう言えたらいいのにと、心から思った。

「なあ、北川」

「なんだ」

「俺、今日ちゃんとやれてたか。前、北川言ってたよな？　プロデューサーとしてまずいと思ったら止めるって。北川が止めなかったってことは、俺は今日、ちゃんとやれてたんだよな」

安原の声がどんどん細くなっていく。彼の前に屈み込んで、「どういうことだよ」と問いかける。顔を上げた彼は、縋《すが》るようにこちらを見てきた。

「俺は今日、妥協しなかったよな？　俺はちゃんと、自分が撮りたいものを撮れたんだよな？」

なあ北川、そうだよな？　僕の腕を摑んで詰め寄ってくる安原に、ゆっくり首を縦に振った。何故だろう。泣きたいのは安原の方のはずなのに、涙がこぼれそうだった。

「安原が、お袋さんのところに早く行きたいがために妥協して撮るような奴なんだとしたら、僕は映画の世界になんて行けない」

自分には才能がないんじゃないか。何の苦労もせずに悠々と生きてきた自分がいられる世界じゃないんじゃないか。そんな風に思っているのに。胸が焼き切れそうなくらい嫉妬して、羨望する安原槙人が、自分の撮る映画に妥協できてしまう人間なのだとしたら、僕はもう、映画の世界じゃ生きていけない。

そんな世界で、僕みたいな人間が呼吸できるわけがない。

「だから、お袋さんのところに帰ろう、安原」

◇安原槙人

「安原君」

レンタカーショップに飛び込んできた木脇が、コンビニ袋を俺に差し出した。中には、大量の食べ物と飲み物が入っている。

「青森まで長旅になるだろうから、途中で食べてね。甘いものも買ってあるから」

礼を言って袋を受け取ると、ずしりと重くて、笑ってしまった。それがいけなかったのだろうか、木脇が心配そうに眉を寄せた。

「北川君と一緒だから、そこまで心配してないんだけど、無理はしないようにね」

木脇の目が、カウンターの方へと移る。店員と話をしながら、北川が書類を書き込んでいる。

俺の身内に緊急事態が起きたこと。俺がこのまま青森に帰ること。それを伝えても、思っていたほど大きな騒ぎにはならなかった。すぐに送り出してもらえた。

「ごめん、木脇」

木脇は困ったように溜め息をつき、俺の隣に腰を下ろした。

「謝らないでよ。お母さんが具合悪いなら、帰らないと駄目だよ」

「そうだよね」

そうだよ、そう。木脇が頷いたとき、北川がカウンターから小走りで戻ってきた。

「車借りられた。すぐ行くぞ」

言われるがまま店を出ると、店員が運転するシルバーのクラウンが俺達の前に停まった。北川が店員から鍵を受け取り、運転席へ乗り込む。

「気をつけて行ってきてね」

木脇に礼を言って、俺は助手席のドアを開けた。コンビニ袋と荷物を足下に置き、シートベルトをつける。

「さーて、行くか」

声を張って、北川がアクセルを踏み込む。神妙な顔で手を振る木脇を残し、クラウンは道路へと出た。すでにカーナビには母さんがいる病院が行き先として設定されており、指定されたルートに沿ってひたすら走る。カーナビの予測では、明日の七時には病院に到着できそうだ。

「北川、本当にいいの？」

まだ間に合うと思い、俺は問いかけた。

「いいも何も、今の安原に運転はさせたくない。今じゃなくてもさせたくないけど」

ぴしゃりと言い切られて、何も言い返せなかった。俺が北川に母さんのことを話した時点で、最終の新幹線はとっくに出発していた。夜行バスという手もあったが、新宿や池袋のバス停まで移動している間に出発時間を過ぎてしまっただろう。

これから夜通し走り続けて母さんのもとへ駆けつけ、北川は俺を送り届けたら東京へとんぼ返りする。明日の撮影はひとまず中止。俺が東京へ戻れるかどうかがわかってから、今後のことを決める。

下道を三十分ほど走ると、東京外環自動車道に入った。あとはカーナビに従ってひたすら北を目指す。

「何か食ったら？」

足下のコンビニ袋を指さされ、そういえば夕飯を食べていないと思い出した。昼も食欲がなくて弁当に手をつけなかった。今朝の味噌汁が、最後の食事だ。

「北川は？　何か食べる？」

「米」

唐揚げマヨネーズのおにぎりを見つけ、フィルムを剝がして渡してやる。

「安原、相変わらずコンビニのおにぎり開けるの下手だよな」

海苔が破れ、ご飯の真ん中に大きなヒビが入ってしまったおにぎりに、北川は眉間に皺を寄せたまま かぶりつく。今にも具がこぼれ落ちそうで、食べづらそうだった。

「昔から、駄目なんだよ」

俺も適当なおにぎりを手に取る。こちらは牛焼き肉だった。もっとさっぱりしたものはないのだろうかと袋を漁ったが、木脇が選んだのはがっつり系の食べ物ばかりだった。豚バラチャーハンおにぎりとか、メンチカツパンとか、チョコチップが大量にのったメロンパンとか。

「無理にでも食っておかないと、倒れるぞ」

俺が考えていることがわかったのか、おにぎり片手に北川が言う。

「わかった」

メンチカツパンの袋を開け、囓る。袋の下の方に缶コーヒーとカフェオレのチルドカップも入っていた。缶コーヒーの蓋を開けて運転席側のカップホルダーに置いてやる。助手席側のホルダーには、カフェオレのカップを入れておいた。

「ていうかさ、わざわざ助手席に乗らなくてもよかったのに」

荷物だけが置かれた後部座席を、北川が指さす。

「後ろで寝てたら？」

「寝れる気がしないから、いいよ」

「せめて、向こうに着くまで横になってるとかさ」

「北川と喋りながらの方が気が紛れるから」

寝ろと言われても寝られる気がしないし、北川一人に運転をさせて自分はくつろいでいるのも悪い。北川だって、こんな俺でも話し相手がいた方がいいだろう。

「じゃあ、遠慮なくべらべら喋ってるから。やめてほしくなったら言って」

「そうする」

だから、俺に気を使うな、と言いたかった。事情を説明してからずっと、北川に気を使われているのがわかるから。手探りで頭を撫でられているような、小っ恥ずかしい気分だ。それと同じくらい、この気遣いを心地いいとも感じてしまう。

「安原、この間の夜のこと、覚えてるか？」

この間。一瞬、北川に『終わりのレイン』の再撮をしたいと言った日のことかと考えて、違うと気づいた。その少し前に、北川が俺の家に泊まったことがあった。夜中に悪夢を見て飛び起きたら、北川が青い顔をしていて、終電もとっくになくなった時間だというのに彼はアパートを出て行ってしまったのだ。

睡眠薬を飲んだのに短時間で目覚めてしまって、頭がくらくらして、意識がはっきりしなくて、北川を追いかけることができなかった。堪らなく心細かったことだけを、よく覚えている。奈々に出て行かれた羽田野の気持ちが、痛いほどわかった。

「北川、あのとき、どうしたの？」

翌日大学で会ったとき、北川は出て行った理由を話してくれなかった。俺から追及もしなかった。それ以上に、完成しつつあった『終わりのレイン』をどうすればいいのかに頭を悩ませていた。

「俺、寝ぼけて変なこと言った？」

「安原はただ、お袋さんのことを話してくれただけ」

「じゃあ……」

「僕が勝手に自己嫌悪で死にたくなっただけだ」

喋っていてくれとは言ったが、北川が何を言いたいのかさっぱりわからなかった。

涼しい顔でブラックコーヒーを飲んだ北川だったけれど、ふいに溜め息をついて、笑った。自分を嘲笑うみたいな、卑下した笑みを浮かべる。

「ずっと、安原が羨ましかった」

コンペでお前が勝ったときから、ずっとずっと、ずーっと。

夜の高速道路を、妙に優しい顔で見つめながら北川は口を動かす。すでに東北自動車道に入ったようだ。深夜の高速道路は車輛の数も多くない。大型トラックが何台も、その巨体を揺らして行き来している。俺達が乗るクラウンは、もの凄く小さく、頼りなく感じた。

どうして僕が監督じゃないんだ。『終わりのレイン』の脚本と絵コンテを渡した新宿のカフェで、北川は言った。撮影が始まってからも、きっとそう思い続けるだろうと。

「卒制の監督のことだけじゃない。撮影が始まってからもずっと、お前みたいに映画を撮るのは無理だなって思ってた。僕は多分、才能はない」

どういう顔で相槌を打っていればいいのか、正解がわからなかった。北川が俺の何を見て自信を失って、才能がないと考えたのか、わからなかった。

「僕も安原みたいに、母子家庭で裕福じゃなくて、大切な人と離ればなれになって、奨学金借りてムサエイに行ってたら、そんな風になれたのかなって羨ましくなった。たった一人の肉親が余命宣告されるなんて経験をしたら、怖いくらい切実なものが作れるのかなって思った」

北川のことを羨ましいと言ったことがあった。あれも、俺の家だった。

「そっか」

不思議と自分の声は穏やかだった。こんな状況なのに、温かさまで感じた。

「怒らないの？」

「怒らないよ。俺だって北川が羨ましいんだ。お互い様だ」

でも、と言いかけた北川に、もう一度「俺は北川が羨ましい」と強めに言った。

映画は学校で学ぶものじゃない。自分の人生に学んでいくんだ。そんな身も蓋もないことを言った先生がいた。いつも俺の撮る作品を「ガキ臭い」「ションベン臭い」と批評する高島先生だ。その言葉が何だか今、堪らなく身に染みた。

みんなが自分の人生から何かを抽出して映画を作ろうとする。自分の引き出しにないものを誰かが持っていて、それを羨ましいと思う。それは、当然のことだ。

「羨ましいって思ってる北川から羨ましいと思ってもらえて、光栄だ」

気がついたらメンチカツパンを食べ終えていた。一つ食べると、案外食欲があることに気づく。胃袋がやっとまともに動き始めた。

「映画にしか目を向けてなかった俺の二十四年間を、北川にほしいって思ってもらえるなら、俺も生きてきた甲斐があるってもんだ」

牛焼き肉おにぎりを袋から出してかぶりついたら、北川が手を伸ばしてきた。一言「甘いの」と言うから、メロンパンを渡してやる。

「あ、そっか」

何かを思い出したように、北川がメロンパンから俺へ視線を移した。クラウンの車内で北川の声は吐息みたいな、そよ風のような、不思議な響き方をした。

「もう三年くらいすっかり忘れてたわ。安原って、僕より二歳年上なんだ」

「そうだよ。二十四だよ」

「不思議だな、全然年上に感じないや」

「俺も北川を年下だと思ったことがないよ」

力なく、でもけらけらと愉快そうに笑う北川に、釣られて笑った。

「北川が卒制の監督になってたら、きっといいものを撮ってたと思う」

「どうだろうな」

「北川は人を動かすのが上手いから、いいチームを作って、スタッフの力を最大限に引き出して、いろんな人が共感して、感動して、楽しんでくれる映画を作るよ」

それはきっと、俺には撮れない映画なのだ。俺の映画は、たった一人を想って、たった一人を見つめて作るものだ。北川は百人を見て映画を作ることができる。百人を幸せにする映画を撮る。俺とは全く違う映画を。

「そうだといいんだけどな」

北川がこういう物言いをするのは、珍しかった。そんな自分を卑下するようなことは、北川には似合わない。

「北川は凄いよ。俺は、北川がいなきゃ何もできないよ。人も集められないし、動かせないし、みんなの気持ちを一つにできない」

言いながら、舌先が痺れるような感覚に襲われた。何かに引っ張られるように、言葉が自分の中からするすると湧いてくる。

「俺は、一人が怖い。北川がもう一緒にいてくれないんじゃないかって思ったら、怖くて仕方がない」

『終わりのレイン』の撮影中、あまりに自分の理想を追求しすぎて、それを理解してもらえなくて、ちゃんと伝えられなくて、スタッフが離れていくんじゃないかと考えたこともあった。でも、それでも自分の想う最高を追い続けようと思った。

「キャストやスタッフに疎まれることなんて怖くなかった。面倒な監督だって思われたって構わない……構わないって思えるのは、北川だけは、最後まで一緒に映画を撮ってくれるって思ってるからだ」

再撮をしたいと言えたのも、そうだ。

「地獄に堕ちるときは、一緒に、堕ちてくれるって」

我ながら不気味なことを口にしたなと思った。俺は今、母さんのもとへ向かっているというのに、どうしてこんなことが言えるのだろう。

等間隔に設置された高速道路の照明を、じっと見つめた。オレンジ色がかった光が車内を照らす。俺の足や、ハンドルを握る北川の腕を這うように照らす。冬の寒さに負けない、温かな光だった。

へへっと北川が笑うのが、聞こえた。

「できれば行き先は、地獄じゃなくてカンヌだといいんだけどな」

「確かに」

確かにそうだ。そのために俺達二人は、嫉妬と羨望と不安と自己嫌悪の渦の中で、もがいてもがいて、映画を撮ってきたのだ。土砂降りの嵐の中を、必死に目を開けて、鋭い雨粒に全身を打たれながら——。

これからも、撮り続けるんだ。

「ありがとう、北川」

突然礼を言った俺に、北川がちらりとこちらを見る。コンビニ袋の中からチョコレートの容器を取り出し、一粒手渡してやると、彼は何も言わず口に入れた。

安原、と名前を呼ばれて、目を開けて驚いた。窓の外は、明るかった。

「あと三十分くらいでつく」

まだ高速に乗っているようだったが、窓の外に広がるのは見覚えのある景色だった。何より、自分が眠っていたことに驚いた。

「俺、どれくらい寝てた？」

ずっと、北川と話をしていた。映画の話もした。普段はなかなかしない幼少期の思い出話もした。途中、三時過ぎに仙台を通過したのは覚えている。そこから花巻までがまた長くて、「青森って遠いんだな」と北川がぼやいていた。でも、花巻を通過した記憶は俺にはない。

「一時間半くらいかな。静かになったと思ったらすやすや寝てたから、放っておいた。本当はもう少し寝かせとこうと思ったんだけど、目が覚めたら病院でしたっていうのも嫌だろ？」

その通りだ。こうやって起こしてくれたことを、心底感謝した。まだ三十分ある。心の準備をする時間を、ちゃんと作ってくれた。

ただ、長旅が嘘かと思うくらい、そこからは早かった。あっという間に高速を降り、よく知る県道を慣れ親しんだ市街地へ向けて走る。海沿いの道に出たら、あの建物が現れる。

「映画館が、あるんだ」

そう言って、俺は前方を指さした。

「あの、ぼろい建物」

真冬の潮風に吹かれる桜ヶ丘シネマの前を、クラウンは通過する。北川が「へえ」

と言葉を漏らすのに合わせて、俺は続けた。

「よく、お袋と映画を観に行ったんだ。映画代が高いから、ポップコーンは一つだけ買って、二人で分けて食べた。いつもがらがらだから、真ん中の一番観やすい席に座れるんだ」

俺が中学に上がると、母さんと映画に行く回数が減った。母さんが「二人で行ったら一本しか観れないけど、マキ一人で行けば二本観てこられるでしょ」と言って、映画二本分のお金をくれるようになった。嬉しかった。好きな映画を二本も観られるなんて、幸せだった。ただ、映画が終わったあと、感想を言い合うことができないのはちょっと寂しかった。

桜ケ丘シネマが見えなくなっても、つらつらとそんな話をした。止まらなかった。

「あんな状態だから、もうすぐ潰れると思うんだけどさ」

自分の膝を睨みつけて、言い聞かせるように呟く。ぐっと体がシートに押しつけられて、車が坂道を上りだしたことに気づく。

着いたのだ。俺は、母さんのいる場所に。

坂を上りきったクラウンはロータリーに入る。受付時間前だからエントランスの扉は閉ざされている。時間外窓口のある出入り口に北川は車を横付けしてくれた。

「ごめん、ありがとう」

さらに言葉を重ねようとした俺の肩を、北川は引っぱたいた。

「いいから早く行け」

その言葉に背中を押され、助手席を飛び出した。ドアを閉めもしなかった。受付で事情を説明し、九階の緩和ケア病棟にある母さんの病室を目指した。病院の最上階の、一番奥の部屋。ドアの前には二宮の叔母さんと叔父さんがいた。

車で病院に向かっていることは昨夜のうちに連絡したのだが、二宮の叔母さんは俺の姿を見るなり、平手で思い切り左頬を叩いてきた。一発じゃ収まらなかった。二発、三発と俺を叩いて、何も言わず母さんの病室のドアを指さした。

二人に小さく会釈をして、ドアを開けた。

七月に会ったきりだった母さんは、俺が思っていたほど痩せこけてもおらず、一見すると元気なようにも見えた。

食事が取れなくなったのは一ヵ月半ほど前だ。トイレにも行けなくなった。痛み止めで意識が混濁することが増えてからは、電話で話すこともできなくなった。

いつも腰掛ける丸椅子に座り、ちらりと横にある液晶テレビを見る。テレビの前には俺が買って来た映画のＤＶＤが重ねて置かれていた。一番上にあるのは、一緒に観たコメディ映画だった。

母さんは、俺が横に座ってもぴくりとも動かなかった。もう意識はないし、何も見えていないし、俺の声が聞こえるのかどうかもわからない。

でも、言わずにはいられなかった。

「母さん、俺、映画撮ってるよ」

帰省した俺に母さんがかける言葉は、いつも決まっているから。

『映画、ちゃんと撮れてるの？』

母さんは、そう聞くから。

「スタッフがみんな優秀で、役者も凄いんだ。みんなが助けてくれて、もうすぐ撮影も終わりそう。きっと、桜ヶ丘シネマでも観られるよ」

無反応の母さんの頬に、ゆっくり手を伸ばした。思っていたより冷たくて、改めて実感する。母さんは、この世界からいなくなろうとしている。

「俺の映画、母さん、きっと気に入ると思う。一緒に観ようね」

自分の胸が凪《な》いでいるのが不思議だった。

「母さん、俺は大丈夫だよ」

涙が出てこないのだ。

「映画監督になるよ」

母さんが死ぬとき、俺は泣き喚くと思っていた。母さんの腕や胸にすがりついて、泣いて泣いて泣いて、たとえ母さんが死んでもそれを認めないんじゃないかと。

「親父がいないことも、母さんと二人で映画を観に行ったことも、母さんを置いて東京に行ったことも、母さんが病気になったことも、東京から友達とここまで来たことも、今この瞬間のことも、いつか全部、映画に活かすよ」

すべてが、安原槙人の撮る映画の血肉になる。楽しいことも嬉しいことも悲しいことも憤りも苛々も、すべて。

俺の掌にある、母さんの頬の冷たさも。


戦友とも思えるクラウンは、病院の駐車場にいた。運転席のシートを倒し、北川が横になっている。窓をこんこんと叩くと、目を覚ました北川が鍵を開けてくれる。少し迷って、助手席に乗り込んだ。

「帰ったかと思った」

スマホで時間を確認した北川は、大きな欠伸《あくび》をしながらシートを元に戻す。

「篠岡に無事着いたって報告したら、ゆっくり帰って来いって言われた」

夜通し不眠で六時間運転をして俺を送り届け、同じ距離を休憩もなしに帰るなんて、居眠り運転をして事故してくれと言っているようなものだ。

「母さん、亡くなった」

北川に質問させるわけにはいかないから、短くそう告げた。

「そうか」

腕を組んだ北川は、そのままシートの背もたれに体を預ける。

「でも、話はできたよ」

会話ができたわけではない。母さんに聞こえていたかもわからない。でも、それでもよかった。俺は、母さんとの別れをすることができたのだから。

「なら、よかった」

険しかった北川の頬が、ほんの少し緩む。

「これから大変だな」

「とりあえず、通夜をやって、葬式やって。あとは、何すればいいんだろう」

すでに二宮の叔母さんは動き出していた。葬儀屋や火葬場に確認を取って、葬式の日取りを決めるのだろう。

「俺が喪主をやるから、しばらく、東京には帰れないと思う」

喪主という言葉は、頭に思い浮かべるのと口にするのとでは重みが違った。北川にもそれは伝わったようで、彼がぐっと口を引き結んだのがわかる。

「ごめん」

北川から視線を逸らし、謝罪する。

「監督なのに、ごめん」

「お前が悪いわけじゃない」

「でも、みんなに迷惑をかける。せっかく、頑張ってくれてるのに」

「どうする？」

一際強い口調で北川は言った。口を真一文字に結んで、フロントガラスの向こうに見える十二月の海を、睨みつけている。

「お前は昨夜、カンヌを諦めたくないって言った。今は、どう思ってる？」

北川の横顔を、しばらく見ていた。彼の問いを胸の内で反芻する。ずっと考えていた。北川が俺を乗せて北に向かって旅立ってくれたその瞬間から、迷っていた。でも車内で北川と言葉を交わしながら、徐々にそんな迷いは小さくなっていった。

「北川」

助手席から身を乗り出す。北川は何も言わず俺を見た。北川の目を、その奥を覗き込むようにして、息を吸った。

「『終わりのレイン』、撮ってほしい」

北川の胸に頭をぶつけるくらいの気持ちで、頭を下げた。

「北川が撮ってくれるなら、俺は納得できる」

他の誰でも駄目だ。どんな有名監督が代わりにやってやると言ってきたとしても、嫌だ。世界で唯一、北川賢治なら、任せてもいい。

北川賢治という人間は、映画以外のたくさんのことができる。神様がたくさんのものに手が伸ばせるように作ったに違いない。きっと神様に気に入られたんだ。

そんな何でもできる奴が、映画を撮っている。ああ、なんて残酷なんだろう。俺の手には、映画以外何もないのに。その映画さえ、北川がいないと作れないのに。

複雑な感情を嚙み締めながら、俺は北川の目を見つめた。彼の瞳が揺らいで、ゆっくりと口が開かれる。

「随分、残酷なことを言うんだな。安原」

「俺達は一緒にここまで来ただろ。北川は、俺と同じものを見てきた。一年の実習のときから、ずっとずっとだ」

あの雨の降る実習のことは、不思議とついこの間のことだったかのように感じる。

土砂降りの雨の下で、北川に自分の作るものを馬鹿にされて——いや、図星を突かれて、腹が立って、声を荒らげた。何も考えず本音をカメラを構えた北川にぶつけた。

「北川は特別だ。だから、一緒にカンヌに行って、北川が特別だって証明する。才能がないなんて言わせない。北川自身にだって、言わせない」

鋭い雨に打たれながら、映画を撮った。あの日からずっと、俺は北川が羨ましかった。自分が『終わりのレイン』を書いたのは、自分の分身ともいえる物語に雨が存在したのは、きっと、そういうことなのだ。

「……わかった」

俺の肩を押して距離を取った北川は、首を縦に振った。

「これから東京に戻って、明日の撮影の調整をして、連絡する。通夜とか葬式の準備で忙しいところ、悪いけど」

「大丈夫。それくらい、全然」

やるべきことを、北川が頭の中で整理するのがわかる。二度、三度と大きく頷き、すぐにカーナビの設定を変えた。来るときと同じ、六時間の道のりが表示された。

「事故にだけは、気をつけて。あと、ありがとう」

もっと礼を言いたい。言わないといけない。そんなもの北川は待ってくれず、俺はクラウンから降ろされた。

「困ったことあったら連絡してこい。なくても、気が向いたら連絡しろよ」

念を押して、北川はクラウンで駐車場を出た。ゆっくりと病院の前の坂を下り、海沿いを市街地の方に向かって走って行った。

その姿が見えなくなるまで、俺はそこに立っていた。海から冷たい風が吹きつけて、俺を飲み込んで、消し去ろうとしているようだった。改めて、母さんが死んだのだと実感する。でも、不思議と涙は出てこない。どうして俺は泣かないのだろう。灰色の海に問いかけても、答えは聞こえない。

顔を顰めたくなるくらい寒い駐車場の一角に、しばらく一人でいた。懐かしい寒さだった。俺が母さんと暮らした街の、寒さだった。

そのとき突然、ポケットに入れていたスマホが鳴った。北川からの電話だった。まさか、早速帰り道で何かあったのだろうか。

『――桜ヶ丘シネマだっけ？』

北川の声は妙に弾んでいて、でも穏やかだった。

『気になったから帰りに寄ってみたんだけど、入り口のところに貼り紙がしてあってさ。来年の三月いっぱいで閉館するって』

閉館する。

心臓のあたりが、えぐれたように痛んだ。あの映画館が、閉館する。近々潰れると自分で言っていたくせに、いざ本当に閉館するとなると、こんなに胸が痛いだなんて。こんなに、辛いだなんて。

「やっぱりな。古かったし……人、入ってなかったし」

『でも、一年後にショッピングセンターに改装されて再オープンするって。映画館も入るらしいぞ』

「——え？」

北川の声を、一瞬信じることができなかった。耳の奥で、北川が言った言葉を何度も何度も何度も反芻して、やっと理解した。

改装。再オープン。映画館。

映画館は、なくならない。

「ほんとうに？」

北川、それ本当？　嘘じゃない？　嘘じゃないよね？

しつこく聞く俺の声が、徐々に徐々に震えて、しゃくり声に変わっていく。

『なくならないよ、映画館。ちゃんと貼り紙に書いてある』

氷のように冷たいアスファルトに両膝を突き、スマホを持っていない方の手で顔を覆った。掌が濡れる。両目からあふれた雫で濡れる。どんどん濡れていく。

『ここで上映しないとな』

泣き続ける俺に、北川は「泣きやめ」とは言わない。かといって、変に優しい言葉もかけてこない。

『カンヌ行って、再来年の三月にオープンしたばっかりのここで上映だ。舞台挨拶もしよう』

母さんがその目で『終わりのレイン』を観ることはない。これから先、俺が撮る映画を観ることもない。ただ、あの場所に映画館はあり続ける。

涙で濡れた目元と頰を拭って、顔を上げた。

降ってきた。あの日の雨のように、『終わりのレイン』の完全な姿が。俺と北川で描く『終わりのレイン』の、《本当》が。

◇北川賢治

午前九時に病院を出て、東京に着いた頃には午後四時を回っていた。レンタカーを返して、電車でムサエイへ向かった。

安原部屋のドアを開けて、誰かが作業している姿が見えた瞬間、膝から崩れ落ちそうになった。いや、本当に、冷たい床に両膝をついていた。

「北川君っ？」

悲鳴を上げて駆け寄ってきたのは、木脇だった。篠岡と橋本、カメラマンの原田もいた。どうやら、昨日のうちに撮った映像のチェックを行っていたらしい。

「……ただいま」

安原の母親が亡くなったこと、安原がしばらく東京に戻れないことは、すでに連絡してある。残りの撮影が、僕に一任されたことも。

ゆっくり立ち上がり、木脇が出してくれた椅子に腰掛ける。

「帰って早々悪いけど、明日の撮影、どうするの？」

言葉で答えるのが心の底から面倒に感じて、鞄の中から紙の束を取り出してテーブルに置いた。「見て」と一言言って、テーブルに顔を伏せる。四人がこれを読んでいる間は、目を閉じていられる。

病院を出て、僕は安原の話に出た桜ヶ丘シネマへ向かった。あの映画館がなくならないこと、生まれ変わってあの場所にこれからもあり続けること。それを安原に伝えると、奴は泣きながら「頼みがある」と言った。

再び病院に戻ってみると、安原は冷たい駐車場のアスファルトの上で、凍えるような海風の中で、絵コンテを描いていた。それを僕の胸に押しつけて、「羽田野が地元に帰るシーン、これで撮ってほしい」と笑った。顔には涙と鼻水の跡があるのに、しっかりと笑顔で言った。

ふざけるなと言った。ただでさえ今日の分の撮影がなくなってしまったのに、こんなことできるか。戸惑う僕に、安原は言ったのだ。

次に俺が映画を撮るときは、何でも協力するって約束だっただろ、と。

「は？　何これ」

篠岡が困惑した声を上げた。橋本や木脇や原田が息を飲むのが、聞こえる。

本来なら、今日のうちにアパートで撮るべきシーンをすべて撮り終え、明日は屋外で撮影をするはずだった。奈々との生活の中で母親を大事に思う気持ちを理解した羽田野は、母に会いに行くのだ。アパートを飛び出し、駅へ走り、電車を乗り継いで故郷に帰る。夜通し移動して、羽田野を一人送り出してくれた母に対面する。

この一連のシーンを撮るために、助監督の三人は約二週間、走り回ってくれた。年末のこの時期に道路や駅での撮影許可を取り、スタッフの移動手段を確保し、分単位のスケジュールを作った。

安原からの無茶振りは、それをほぼ無にするものだった。

「北川！　起きて、こんなもの見せるだけ見せて寝ないで！」

篠岡に肩を揺すられ、「寝てないよ」と顔を上げた。両手で顔をこすって、頬を叩いて、自分を取り囲む四人を見上げる。

「羽田野が地元に帰るシーンは、当初の予定では電車を使って帰るという想定だった。それを、バイクで走って帰るシーンに変更してほしいとのことだ。夜通しバイクを走らせた羽田野は、明け方に生まれ育った家に辿り着き、玄関の戸を開ける。『ただいま』って言って、そのシーンは終わり」

その絵コンテが、今ちょうど原田の手の中にある。

「使用許可をせっかく取ってもらったのに申し訳ないって、安原も言ってた」

「北川、あんた本気でこれやる気？　今日の分の撮影だって明日に回してるのに、今日の明日でこんなシーン撮れるわけない」

篠岡が原田から絵コンテを取り上げ、僕の前にばん！　と音を立てて置く。そこに描かれているのは、バイクを運転する羽田野の顔のアップだった。小雨の降る中、羽田野はバイクのハンドルを握る。その姿を正面から押さえる、というのが安原の意図だ。母を想い、奈々を想い、自分のこれまでの人生、これからの人生を想いながらひた走る羽田野の心情を、その表情で見せる。

安原が、どうしても撮ってくれと言ったシーンだ。

「道路の使用許可は取ってあるから、バイクを走らせて撮るのはできると思うけど走ってるバイクと運転してる役者を正面から撮るのは話が違う。どれだけ面倒で手間がかかるか、北川だってわかってるでしょ？　しかも、夜のシーンだよ？」

そうだ。そうなのだ。篠岡の指摘は的確だった。車を追走する形でバイクを走らせ、車にカメラを載せてバイクを撮る。レッカー車でバイクを牽引して撮る。いろいろ方法はあるが、どれも明日すぐにできるものではなかった。バイクのハンドル部分にカメラを取り付けて撮る方法もあるかと考えたけれど、雨を降らし風を吹かせ、その中で双海にバイクを運転して演技しろというのは無茶な話だ。

「バイクと役者だけをグリーンバックで撮って、背景をあとで合成するとか……」

有り得ないよね、という顔で木脇が呟く。合成するといっても、背景は別に撮らなければならない。そんな時間もないし、予算も限られている。年末年始で行政、企業の業務がストップし、多くの人がゆっくりと新年を待つその日に、トラブルが起こらぬよう各所に許可を取り、安全性を確保し、人様に迷惑がかからないようにし、その上で安原が思い描く最高の『終わりのレイン』を完成させる。

それが、安原が僕に課したものだった。

「一年のときのただの思いつきが、とんでもない形で返って来やがった」

思わずそう声に出していた。全員の視線が僕の方に集まったが、にたにたと緩む口元を引き締めることができなかった。

「悪いな、みんな。僕は、安原の思ったようにやらせるって決めたんだ」

四人が顔を見合わせ、代表したように篠岡が「でも！」と声を荒らげる。

「私達は、『終わりのレイン』を完成させるためにこうして集まった。こんな無茶をして完成させられなかったら意味ないじゃない！」

「考える。あいつが僕に任せたんだ。死ぬ気で考えろってことだ」

大学一年の、三分間のショートムービーを作る実習。出会って半年もたっていない安原を初めて怒らせた、あの雨の日。安原は僕の胸ぐらを摑んで言ったのだ。

『次、俺が……映画を撮るときは、何でも協力して』

そして僕は答えたのだ。

『OK。お安いご用だ』

あれから今日まで、僕は安原が撮るものにそれなりに協力をしてきたつもりだ。それは約束がどうこうではなく、一人の友人として。だからとっくに、約束は果たしたものだと思っていた。

でも、当の安原に約束を果たせと言われたら、やるしかない。あのときの僕は、自信満々に任せろと言ったのだから。

「今日の分と、この絵コンテの分、明日一日で撮るなら、朝一から夜中までの撮影になる。あれこれ試す時間はない。わかってるんだよね？」

念を押すように、篠岡が絵コンテに手をやった。橋本も木脇も、篠岡と同じ顔をしていた。困惑と、少しの憤りと、微かな覚悟が入り交じった顔で。

映画はみんなで作るもの。でも、確かに、監督のもの。

「脳味噌溶けるまで、考える。とりあえず助監三人は車輌の手配とスケジュールの調整と、役者とスタッフへの連絡を頼む」

監督がやるぞと、命を賭けてやるぞと言えば、スタッフは動くしかないのだ。実現の可能性が低いと思っても、僕が画期的な何かを思いつくと信じて。

「大学の倉庫に、撮影用の送風機あるよね？」

篠岡が橋本に言う。橋本は小さく頷き、安原の絵コンテをちらりと確認した。

「送風機さえあれば、ジョウロで水を一緒に飛ばして、とりあえず雨の演出はできる。助手の竹田《たけだ》さんに土下座して、明日使わせてもらうよ」

そう言って橋本は部屋を出て行った。今日でムサエイの年内の業務は終了だ。大学を通して機材を調達するには、今日中に手配しなければいけない。

「バイクは誰か持ってる人を当たった方がいいね」

今度は木脇がそう言って、誰か当てはないかとスマホを手に取った。候補者がいたのか、そのまま部屋を出て行く。篠岡も、「とりあえず絵コンテをコピーしてくる」と木脇に続いた。

原田と自分の二人だけが部屋に残り、僕は頭を抱えた。

「さぁて、どうしたもんかなあ……」

「とりあえず、ちょっと寝たら？　眠いと頭回らないだろうし」

すっと自分自身の目元を指さした原田は「凄い隈だよ」と呆れたように笑った。

「原田は怒らないんだな。この無茶な撮影に」

「怒ってないわけじゃない。こんな土壇場でふざけんなと思ってる。でも、監督とプロデューサーが揃って鼻息荒くやるって言うなら、やるしかないじゃん。いいもん作って、ムサエイを立て直すんでしょ？」

「さっすが、撮影監督」

「ここで諦めてカンヌに行けなかったら、安原のお母さんが死んだせいになるし」

「ああ、その通りだ」

話しながら頭が異常に重くなってきて、これはいよいよ寝ないとまずいかもしれないと思った。でも、目を閉じたらもう起きられないような気がした。

「安原みたいな顔してる」

静かになった部屋の中で、原田がそんなことを言った。

「誰が？」

「北川が」

どういうことだと聞こうとして、声が擦れた。

「撮影している間、安原の横にずっといたじゃん？　私。安原の顔を一番近くで見てたわけ。だから、わかるの。寿命っていうか生命力っていうか、そういうものをごり削って考えてる顔」

「寝不足と疲労でげっそりしてるだけだよ。正直、考えるとは言ったけど何も出てこなくてめちゃくちゃ焦ってる」

「北川らしくなくていいじゃん」

そうかもしれない。今の僕は僕らしくないかもしれない。でもそれが、今は僕を映画の世界に繋ぎとめてくれている気がした。もう駄目だと逃げ出したい気持ちを、消してくれている気がした。

「とりあえず、コーヒーでも買ってきてあげるよ。そのあと、一緒に考えよう」

椅子を引いて立ち上がった原田が、それ以上は何も言わず部屋を出て行く。

ついに一人になった安原のいない安原部屋で、僕はただひたすら壁を睨み続けた。途中、篠岡や木脇が戻ってきたけれど、特に言葉は交わさなかった。そうこうしているうちに夜になり、「倒れる前に帰れ」と大学を追い出された。電車を乗り継いで自宅の最寄り駅についた頃には、すでに九時を回っていた。駅の時計を見て、いよいよ時間がなくなってきたと背筋が寒くなる。

僕の家は、駅から十分ほど歩いたところにある。途中にある店の入り口には門松が飾られ、新年を迎える準備がされていた。そうだ、明日は大晦日なのだ。門松なんて、ずっと目に入っていなかった。クリスマスは何をしていたっけ？　と自分に問いかける。ただひたすら、安原と再撮影の準備をしていたのだ。クリスマスツリーもケーキもサンタも、眺めている暇もないくらい。

道の途中にあったラーメン屋から濃厚な豚骨スープの匂いが漂ってきて、嗅いだ瞬間に気持ち悪くなった。早足で店の前を通り過ぎ、離れたところで嘔吐《えず》いた。通り行く人が不審な顔をして、僕を見下ろす。仕事納めをした人、冬休みを楽しんでいる人。若い人、年老いた人、男性、女性。暖かそうな服を着せてもらった犬。さまざまな人が通り過ぎていく中、僕は電柱に寄りかかってしばらく自分の爪先を見ていた。

そのときだった。

ポケットに入れていたスマホが鳴った。しばらくその音に耳を傾けていたが、鳴り止まないので手を伸ばす。相手の名前を確認して、すぐに通話ボタンを押す。

『ちゃんと帰れた？』

第一声は、それだった。

「帰ったよ。全部みんなに伝えた」

『みんな、怒ってなかった？』

安原は今、どこにいるのだろう。電話の向こうからは奴の声以外何も聞こえない。病院だろうか。自宅だろうか。母親と暮らした家で、一人何を考えるのだろうか。身内が死んだことのない僕には見当もつかなかった。

「怒ってるよ。どういうつもりだってな」

『やっぱり……』

弱々しく言った安原が、盛大な溜め息をつく。なんとなく安原が部屋の隅で縮こまって肩を落としている姿が想像できて、不思議と笑いが込み上げてきた。本当に笑ったら嘔吐いてしまいそうで、スマホを持っていない方の手で口を押さえた。

「スタッフに嫌われようと構わないんだろ？」

『そうだね』

「準備は進めてるし、明日中に何とか再撮は全部終わらせるから、安心して喪主でも何でもやってろよ」

『本当に、大丈夫？』

「何とかする」

　さも策があるような口振りで話してしまう。

『北川に、言いたかったことがあるんだ』

「何だよ。これ以上シーン追加するとか言うなよな」

　笑いながら、安原は『違うよ』と呟いた。

『俺、青森に一人で帰るってなってたら、帰れなかったと思うんだ。どっかに逃げてた気がする』

　だから、一緒に来てくれてありがとう。

　そう言って、安原は電話を切った。『じゃあね』と一方的に言って、切ってしまった。もしかしたら誰か──例えば二宮の叔母さんとかが近くに来たのかもしれない。照れくさかったのかもしれない。

でも、僕は別のことを考えていた。これは呪いだ。安原が僕に寄こした、絶対に『終わりのレイン』を完成させろという、呪いだ。もちろん、あいつがそんなことを考えて言ったのではないとわかっている。強いて言うなら、奴の中に流れる映画監督の血が、無意識にそうさせたに違いない。

地獄に堕ちるときは一緒だと言ってきた相手に、一緒に来てくれてありがとうと言われたら、もう逃げられない。

「……やられた」

電柱に頭を軽くぶつけて、僕は再び歩き出した。

思ったようにやれと、確かに僕は安原に言った。言ったら、あいつは本当に容赦がなくなった。堕ちるときはお前も一緒に地獄まで引きずり込んでやるという勢いで、僕の腕に噛みついて離れない。

それを一途と呼ぶには、あまりにも強烈で、禍々《まがまが》しいまでに純粋すぎる。

ああ、そうだ。あいつに付き合ってやれるのは、多分世界で僕だけなのだ。僕がいろんな人に線を延ばして、繋いでやらないと、あいつの一途さはただの愛で終わってしまう。

年の瀬の、すべての終わりを決め込んだような街の空気から逃れたくて、気がついたら走り出していた。

オレンジ色の街灯や周囲の店の照明が、代わる代わる僕の足や腕を照らす。何だか既視感があった。先月、安原の家から飛び出したときと同じだ。冷たい夜の街を、抗《あらが》うように走った。体はふらふらなのに、とにかく家まで走ってやると思った。止まりたくなかった。止まったら倒れてしまいそうだった。考えてしまいそうだった。恐れおののいてしまいそうだった。

安原を恨むな。有事に備えてスケジュールに余裕を作れなかった僕が悪い。文句を言う暇があったら考えろ。大丈夫だ、できる。この映画を、僕は監督と同じくらい理解している。そして今、世界で一番、安原槙人を理解している。苦境こそ、もの作りの楽しさだ。妬みや僻《ひが》みを自分の中でこねくり回しても、安原にぶつけて消費しても何にもならないんだから。妬みも僻みも、やり遂げる熱量に変えてしまえ。

安原があのシーンを変えたいと思ったのは、間違いなく僕と一緒に病院に向かったのがきっかけだ。一緒に東北道を北へ北へと走ったあの時間が、安原の中で何かを変えた。同じものを僕も見た。なら、見つけられるはずだ。

走りながら真夜中の高速道路を思い浮かべた。この道と似たオレンジ色の街灯が、点々と続いていた。ときどき大型トラックとすれ違った。眩しいヘッドライトが、寝入った安原の顔を照らしたのを、覚えている。

奴の顔を、照らしたのを。

自宅まで全力疾走する力など残っておらず、走る速度を落とした。代わりに、僕達を照らしたトラックのヘッドライトのように、降ってきた。

「走らなきゃいいのか……」

声に出すと、芋づる式にどんどんどんやるべきことが繋がっていった。繋がって繋がって、一つのシーンができあがる。バイクを走らせる羽田野の顔に、風と雨が吹きつける。羽田野は走り続ける。安原と同じように。僕と同じように。

自宅の玄関をけたたましく開けて、リビングに飛び込んだ。すでに仕事納めをした親父は、リビングでテレビを見ていた。母さんも乃々香もいた。

どうしたの？　と母さんに聞かれた。乃々香が怪訝な顔をして僕を見た。何も言わず、僕は親父に歩み寄り、リビングの床に膝をついた。

「金の無心をしに来ました」

そんな息子を、親父は何も言わずじっと見た。僕が次に何を言うのか思案しながら、ただ待っている。

どう言うのが効果的なのかとか、親父を面白がらせることができるのかとか、そんなことを考える余裕も時間も体力もなかった。

フローリングに両手をついて頭を下げると、ごん、という鈍い音が体中に響いた。額からじんわりと痛みと熱が広がっていった。

「僕の未来に、投資してください！」

＊＊＊

奈々のいなくなった部屋で一心不乱に絵を描き、描き上げた羽田野は畳の上に倒れて意識を失う。彼が目を覚ますところから、安原のいない『終わりのレイン』は始まる。

呻きながら体を起こした羽田野は、目の前にそびえる自分の絵を見つめる。ただの真っ白なキャンバスが、何もできない自分の象徴のようだったキャンバスが、羽田野透の絵に生まれ変わっていた。

その瞬間、羽田野は立ち上がる。弾かれたように畳を蹴り、玄関に向かって。

「――カットっ！」

遮るのが惜しいくらい、鬼気迫るいい演技だった。自分の言葉に頭ががんがんと痛んだけれど、構わなかった。すぐに原田に映像を確認させてもらい、ＯＫを出す。

「次行くぞ、次」

照明や録音のスタッフが機材を抱えて準備に移る。次は玄関を飛び出した羽田野が、アパートの階段を駆け下りるカット、駐輪場に止めた原付に跨がるカット、アパートを出て、住宅街を走り去るカット。それが終わったらいよいよ《あのシーン》だ。

アパートの通路に出て、僕は太陽の眩しさに顔を顰めた。当たり前だ、今は朝なのだ。朝の九時なのだ。窓を塞ぎ、照明を暗くして夜のシーンとして撮影をしていたから、感覚が馬鹿になっている。

「すげえ顔」

いつかの夏の日のように絵の具塗れになった双海が、ペットボトルの水を呷りながら部屋を出てくる。機材を運び出すスタッフを横目に、僕の顔を見て笑った。

「二日も碌に寝てなかったら、そりゃあ酷い顔にもなりますよ」

結局昨夜も、今日の撮影の段取りをみんなに連絡し、必要なものを手配していたら一時間程度しか寝られなかった。

「酷い顔じゃなくて、すげえ顔って言ったんだ」

涼しい顔で、双海は何だか食えない笑みを浮かべた。

「必要最低限のものしか持ち合わせてません、って顔だ」

「なんすか、それ」

「余計なものがくっついてなくて清々しいぜってこと」

そう言われたら、そうかもしれない。安原の代わりに『終わりのレイン』の監督をやるとは、そういうことだ。プライドとか自尊心とか嫉妬とか羨望とか、そんなものを抱え持っていられない。そぎ落としてそぎ落として、もう何もないとわかっていても、さらにそぎ落とす。カラカラに乾いた自分と向き合いながら、撮る。

「さあ、監督、俺はどこで何をすればいいですか？」

飄々と聞いてくる双海の脇腹を、僕は力なく小突いた。

「あんたは、ただひたすらに母親を思い焦がれてくれていれば、それでいいっす」

「主演を信用してくれる監督だ」

「そうっすよ。初めて会ったときからずっとね」

言葉遣いに気を回すのにも体力を使いそうで、素っ気なく言って僕はアパートの階段を下りた。

今年最後の日は、実にいい天気だ。雲一つない快晴だった。夜に目を覚ました羽田野が家を飛び出し、夜の街を母のもとへ走るシーンをこれから撮るというのに。

「技術の進歩っていうのは、凄いもんだな」

階段の下でカメラの前に立つ原田に、思わずそんなことを口走っていた。

「朝撮った映像を、夜にできるんだから」

室内の撮影は何とかなったが、屋外での撮影は太陽を消すことはできない。でも、夜まで待つ時間はない。仕方なく撮影カメラにフィルターをつけ、わざと暗い映像を撮ることにした。さすがにこれだけで夜のシーンですというには無理があるから、編集でさらに手を加える。

「とりあえず現場でやれるところまでやってもらって、あとはこっちが何とかするよ」

今日ばかりは現場をチェックしたいとやって来た編集の水森が、原田にカメラのファインダーを覗かせてもらって、大きく頷く。原田が最後にアングルをチェックして、僕を見た。

「じゃあ、テストするか」

階段の上にいる双海を見上げ、「テスト、よろしくお願いします」と頭を下げる。

双海は手にしていたペットボトルを地上にいる助監督の橋本に投げ渡した。

「それ、一発でOK出すって意味ですか？」

もう二階に戻るつもりはない。彼がそう言っているように思えて、僕は聞いた。

「よくわかってんじゃん」

「じゃあ、テストもリハもなしで、本番行ってやりますよ」

カチンコを持った木脇に「本番行くぞ」と言って、僕はカメラ横の定位置についた。木脇が戸惑ったように僕と双海を交互に見たけれど、最後には「本番行きまーすっ！」と周囲に向けて声を張り上げた。

「カメラ、回りました」

原田がいつも通り淡泊に告げる。

「よーい」

何度もシーンやカットの番号が書き込まれ、消され、書き込まれを繰り返してきたカチンコの黒板部分を睨みつけた、息を吸う。

「スタート！」

正午前に予定していたカットをすべて撮り終えることができた。羽田野は無事、絵の具塗れの体を引き摺《ず》るようにして母のいる故郷に向かってバイクで走り出した。まるで、今の自分みたいだ。そう思った瞬間、ははははっと笑いが込み上げて来た。

「き、北川がついに壊れた……」

隣に座っていた照明技師の箕島が、化け物でも見るような目をこちらに向けた。

僕達を乗せたハイエースは、ムサエイ近くのレンタカーショップを出発し、北関東へ向けて高速を走っている。安原が絵コンテを僕に押しつけた、《あのシーン》を撮影するためだ。スタッフは何台ものレンタカーに分かれて乗り込み、必要な機材は同じくレンタカーの軽トラの荷台に積み込んで運ぶ。

「北川さん、目的地までまだだいぶかかるんで、ちょっと寝たらどうですか？」

一列前の席に座っていた入田さんが振り返る。今日は彼女の出番はないが、「最後までお付き合いします」と雑用係として現場に入ってくれることになった。

「いや、とてもじゃないが寝《ね》られる気がしないから、大丈夫」

体はとっくに音を上げているのに、脳が訴える。まだ寝るなと、休むことを拒否する。多分、僕がやるべきことをやり終えないと、眠らせてもらえない。

「とりあえず、これでも飲んどけ」

箕島がコンビニ袋からエナジードリンクの缶を取り出し、僕に握らせる。毒々しい色合いの缶の中身を、一気に飲み干した。元気になった、と体が思い込める気がした。

「ＯＫ。これで朝まで大丈夫」

自分でも冗談なのか本気なのかわからない台詞を吐いて、箕島とこのあとの撮影について打ち合わせる。

「一応撮影方法としてはあるものなんだろうけど、こんなの初めてだ。上手く行くのかな」

安原の描いた絵コンテを眺めながら箕島は難しい顔をする。

「高島先生にも昨夜電話して聞いてみたけど、金もない時間もない学生が撮る映画にはぴったりな方法だな、って大笑いされた」

年末に気持ちよく酒を飲んでるときに連絡してくるな、と文句も言われたけれど。

「昼を夜にするのが照明技師の仕事なんだろ？　頼むぜ、箕島」

どうか、羽田野を母のもとに走らせてくれ。あいつは走らなきゃいけない。電車でもバスでもなくて、自分の手で運転して、行かないといけないんだ。

「大体、こんな大がかりな撮影して、金は大丈夫なのか？　クラウドファンディングっても、集められる額には限度があるだろ」

「大丈夫、大丈夫」

箕島の言う通り、クラウドファンディングで集まった金額だけじゃ、安原の願いは叶えられなかった。無茶を通すには、金がいる。そう思い知った。

「ばっちりパトロン見つけたからさ」

親父は、僕の土下座を鼻で笑った。ついに、本当に金の無心をしにきやがったと。自分の未来に投資してくれなんて言い放ったと。驚く母さんと乃々香をよそに、親父は「面白いから続けろ」と言った。

『終わりのレイン』の再撮のこと、安原の母のことを、すべて話した。話しながら、親父が本当に面白がっていることに気づいた。熱意を提示して情に訴えるなんてらしくないことをする僕を、愉快そうに見ていることに。

クラウドファンディングで集まっている金額を親父に伝えた。これが今、社会が僕達に投資してもいいと思っている金額だと。だから同じ額を僕達に投資してくれと言った。これで駄目なら、ひたすら頭を下げ続けてやると思った。

胸を上下させて頭を床に擦りつける僕に親父が「百倍になって返ってくるのを楽しみにしてる」と笑ったのは、しばらくたってからのことだった。

僕の乗ったハイエースを始め、安原組が乗ったレンタカーの一団は、三時間ほどかけて北関東にある小さな町にやって来た。だだっ広い平野に田園がひたすら続いているような場所で、ハイエースの窓越しに昨日の今日でまた遠くに来てしまったと思った。高速道路を降りてからもしばらく走り、コンビニもないようないかにも田舎な集落へと入った。

先頭車輌にくっついて行く形で到着したのは、一軒の住宅だった。二階建ての古い家はそれなりに広い庭を持っていたのだが、安原組を乗せた車と住人の所有する乗用車とでいっぱいになってしまった。

僕がハイエースを降りると、先頭車輌から降りた原田がこちらを一瞥し、すたすたと玄関へ歩いて行った。住人は安原組の到着に、すでに玄関の向こうまで出てきていたらしい。原田が戸を開けると、二人の男女の姿がそこにはあった。

玄関に走り、僕は二人に頭を下げた。

「突然のお願いにもかかわらず、本日は誠にありがとうございます」

右手に提げていた羊羹《ようかん》の詰め合わせの入った紙袋を差し出すと、二人は——原田佐緒里の両親は「どうも」と言って受け取った。口ではそう言っていても、顔には不信感が貼り付いている。大晦日の前日に突然連絡してきて、明日の撮影に協力してくださいという大学生のことなんて、歓迎できないに決まっている。たとえ謝礼を払ったとしても、一万円を超える羊羹を手土産に持って来たとしても。

「ご近所の迷惑にならないように、お願いします」

原田の父がそう言っただけで、それ以上は特に言葉を交わさなかった。僕は丁重に頭を下げ続けたけれど、原田が「早く準備しよう」と家の外に出てしまったから、仕方なくついていった。

「あれは娘としてどう見るんだ。怒ってるのか、迷惑してるのか」

「田舎で農家やってる年寄りが、映画撮ってる大学生なんて理解できると思う？」

「じゃあ、どうやって昨日の今日で撮影のOKなんてもらったんだよ」

昨夜、僕は《あのシーン》を撮るための方法を助監督の三人と、撮影監督である原田、照明技師の箕島に連絡した。撮影のためにどうしても必要なのが、人気のないまっ暗な場所だった。人工の明かりがカメラの画角に入り込まないような、人里離れた場所。今日の撮影にすぐOKを出してもらえるような場所。それが見つけられるかどうかが鍵だった。

すぐに、原田から当てがあると連絡があった。それが、原田の実家だったのだ。

「私の親、私が東京に行くのにずっと反対してたの」

「それじゃあ、撮影なんてますますまずかったんじゃないの？」

「昨日の夜に連絡したときは、常識がないとか、やっぱり潰れそうな大学に行っても碌なことがないって文句言われた。いつもそこで喧嘩になっちゃうんだけど、私も『終わりのレイン』はちゃんと完成させたいって思うから、親に言ったの」

自分の生まれ育った家を振り返った原田は、黒光りする瓦屋根を眩しそうに見上げた。

「私の大学四年間を、ネットの噂とか思い込みとか、そういうものじゃなくて、私達のやっていることから判断してほしいって」

この家に楽しい思い出も、穏やかな時間もきっとあるのだろうけれど、原田の横顔から感じるのはもっと清濁の入り交じった複雑な感情だった。

「だから、私としても賭けなんだ。うちの親がちょっとでも私のやってることに納得してくれたら、今後もう少し両親とも上手くやれるんじゃないかと思って」

ぽん、と原田に肩を叩かれた。それ以上は何も言わず、彼女は乗ってきた車に戻ってしまう。原田にそう言われては、僕は彼女の両親が「娘がやっていることも悪いものではない」と思ってもらえるように、尽くすだけだ。

原田の実家を出て、裏山にある畑へ向かった。代々農家を営んでいるだけあって、山肌に沿う形で畑が広がっていた。

原田が案内してくれた場所は、農耕機を止めるための駐車場だった。そこに車を止めて、機材をさらに山の上へ運ぶ。

勝手知ったる山道を原田はずんずんと進み、畑の横の開けた場所にみんなを連れて行った。

「完璧だな」

周囲を見回して、僕は頬を緩めた。森と畑に囲まれ、街灯もないこの場所は、夜になればまっ暗になるはずだ。

「しかもいい田舎具合。羽田野の実家っぽい」

日があるうちに、地元に到着した羽田野を撮る。山の傾斜を利用すれば、バイクを運転する羽田野を見下ろす構図で撮影できる。集落の全景も押さえられるし、都会と田舎の対比も表現できるいいロケーションだった。しかも原田の実家の私有地なので、彼女の両親から許可が下りていれば撮影ができる。羽田野の実家も、これに合わせて原田の実家を使わせてもらうことになっている。

「さすが、撮影監督」

改めて原田に言うと、彼女には「実家だし」と実に淡泊に返されてしまった。でも、ほんの少し口元が緩んで見えたから、まあいいやと思った。

「ストーリーの時系列が前後するのがちょっと残念だけど、早速朝のシーンから撮っちまうか」

大晦日の太陽は、すでに傾きかけていた。さっきまで朝日の中で撮影をしていたのに、あっという間にまた夜が来る。よくよく考えてみれば、安原と別れてから二十四時間とちょっとしかたっていない。

もう随分、奴の顔を見ていない気がする。

今年最後の夜を迎えた畑の一角には、撮影用の巨大な照明が灯っている。虫も寄ってこない寒さの中、動き回るスタッフの口からは白い息が立ち上る。

午前中から手の空いたスタッフに急ピッチで作ってもらった木製の台にバイクを固定し、バイクの前には大学から死に物狂いで借りてきた送風機と撮影用のレールを敷いた。バイクは動かさず、もちろん走らせもせず、送風機で風を吹かせ、レールに載せたカメラが左右に移動することで、バイクが走っているように見せる。でも、それだけでは街中を走っているようには見えない。だから、バイクの周囲に照明を立てる。オレンジ色の街灯、店のネオン、対向車のヘッドライト。さまざまな明かりを順番に役者に当てることで、街中を走っているよう演出する。バイクが動かせないなら、背景を動かせばいい。これに照明以外の明かり——実際の店とか街灯とか信号とかが映り込んでしまうと、走っていないことが丸わかりになる。だから、何もない場所が必要だった。

それが、僕の立てた作戦だ。実際の道路を使って撮る時間も金もない。まさにそんなときに使われる方法だ。確かに、今の安原組には相応しい手段だった。

上手く行くのかは、やってみないとわからない。

「助監さんじゃなくていいですよ、テスト」

橋本を双海に見立ててテストを行おうとしたら、ジャンパーを羽織った双海が暗闇からぬっと現れて先にバイクに跨がってしまった。僕を見据えて、「その方が話が早いっしょ？」と不敵に笑ってみせる。

「じゃあ、遠慮なくそうさせていただきます」

にっかりと笑って、僕はテストを始める旨を木脇に告げた。

まず、送風機の風量とカメラをレールの上でどのように動かすかテストした。バイクが走っている感じ、車体が揺れている感じをいかに本物っぽく見せるか。何度もテストを繰り返す。唇が冷たくなって、手足の感覚がどんどん遠くなって。そんな中でも、疾走感のあるいい塩梅《あんばい》を見つけることができた。

「風と動きはこれでいい。あとは照明だ」

カメラから離れ、照明スタッフ達が作業している場所へ僕は大股で駆けていった。

ブルーシートを敷いた上で、アーム付きのライトにオレンジ色のカラーフィルターを貼った箕島が、光の色を難しい顔で見つめていた。

「箕島、どうだ」

「あとは、やってみないとわからない」

まあ、案外、時間がないときに焦って作ったものが意外と上手く行くってもんだ。そう周囲の人間に笑いかけ、箕島は立ち上がった。

バイクを挟む形で脚立を二つ立て、その上にアーム付きのライトを持った照明スタッフが一人ずつ乗る。合図に従って、アームを大きく回す。二人の呼吸を合わせて、同じタイミングで回さないと等間隔に並んだ街灯の光を表現できない。そしてそれを、バイクのスピード感に合わせる。これがまた、なかなか上手く行かなかった。

ただでさえ寒いのに送風機の風を浴び続けていた双海が、ついに大きなくしゃみをした。

「橋本に任せて、休憩しますか？」

年明けに海外に行く役者の身を案じて、そう聞いた。

「いいよ。体格変わったら照明も勝手が変わっちまうだろ」

洟を啜った双海に木脇がボックスティッシュを差し出す。双海が盛大な音を立てて洟をかんだとき、雑用係として照明スタッフを手伝っていた入田さんがもう一人のスタッフと一緒に、パネルライトを抱えて走ってきた。

「お待たせしました。コンビニです」

パネルライトには、色とりどりのカラーフィルターが貼られていた。その色合いはよく見るコンビニの看板にそっくりだった。他にもパチンコ店のネオン、ガソリンスタンドの看板に見立てたパネルライトが続々と運ばれてくる。

僕も大きく洟を啜って、周囲を見回した。準備は整った。人も道具も場所も、すべてが揃った。あとは、撮るだけだ。

「じゃあ、パネルライトも入れてもう一度テスト」

僕の声に、「はい！」という返事がいくつも飛び、スタッフ達が慌ただしく動き始める。

「監督」

バイクの上で再び洟をかみながら、双海が聞いてきた。

「監督じゃなくて、プロデューサーです」

「今更どっちでもいいですよ。俺に対しては、演技指導の類はないんですか？」

「安原から、双海さんに任せると言い付かってます」

　コミュニケーションが上手くいっているとは言い難い監督と主演俳優だったけれど、きっと、それなりに信頼関係は築けていたのだろう。

「ああ、そう」

　冷徹にさえ聞こえる淡泊な返事だった。実に双海らしいと思った。でも次の瞬間、彼は満更でもなさそうにいっと唇の端を吊り上げた。釣られるようにして、僕も同じようにしていた。

「僕は一昨日の夜、安原を青森まで送り届けました。安原の顔を、隣でずっと見てました。だから、羽田野がここでどんな顔をしているべきなのか、僕は安原よりよくわかりますよ」

　だから、頑張ってくださいね。そう付け足すと、双海は表情を崩さず両手を擦り合わせた。はーっと息を吐きかけて、バイクのハンドルを、強く握り込む。

「テストが終わったら、まどろっこしいからさっさと本番やろうぜ、監督」

「言われなくてもそのつもりです」

色とりどりのパネルライトを使ったテストも無事終わり、いよいよそのときは来る。双海が着ていたジャンパーを脱ぐ。その下は絵の具塗れのTシャツとチノパンだ。そうだ。季節は夏だ。『終わりのレイン』は、夏の物語だ。今は夏なのだ。夜だろうと熱気と湿気が容赦をしない、熱帯夜なのだ。

「一発で決めるつもりで行くぞ！」

カラカラの喉から声を張り上げたら、凍てつく空気に血が噴き出しそうだった。周囲から「おう！」とか「はい！」という声が聞こえなかったら、気を失っていたかもしれない。

「本番、行きます」

カチンコを手にした木脇が白い息を吐き出し、カチンコをカメラの前に構える。バイクのエンジンがかかり、力強い音が響き渡る。送風機が回り出し、半袖の双海に吹きつける。双海は大きく息を吸い、まるで汗でも垂れているかのように額を拭った。

「よーい、スタートぉ！」

カチンコが鳴る。体中の血液が新しいものに入れ替わって、熱く煮えたぎる。屍《しかばね》のような僕の体を、生き返らせる。

羽田野は走る。真夏の夜の道を、バイクのハンドルを握って、生まれ育った故郷に向かって走る。照明が左右で振られ、彼の体やバイクの車体を照らす。一定のスピードで、彼の肌の上を光が走る。パネルライトが回転し、緑や赤、水色、黄色といった色鮮やかな色がそれに加わる。橋本がジョウロを構え、送風機の前に水を撒く。大粒の雨が、双海の体を打つ。

カメラを通さなくても、撮れた映像を確認しなくても、この暗く寒々しい農地の一角が街中になっているとわかった。

そして、双海は羽田野になった。

冷静さを保とうとしていたかと思うと、ふと思い出したように目を見開き、口を引き結ぶ。唇を嚙んで、涙を堪えるように目元に力を込める。かと思ったら、堪らなく穏やかな、愛しいものを抱きしめるみたいな顔をする。儚げに頰を緩める。苦しそうに、不安そうに眉間に皺を寄せる。雨粒が彼の肌を打ち、何かを与えて、同時に洗い流していく。

息を吐き出したら、極寒の夜にたちまち白く染め上げられてしまう。だから双海は息を吐くことをしなかった。もしかしたら、吸うこともしなかったのかもしれない。それでも見事に、羽田野として呼吸した。確かに、羽田野として彼は走っていた。

「カットぉ！」

全身から声を絞り出した。反動で箱馬から崩れ落ちて、土に手をついた。体を支えきれなくて、冷たい土と枯れ草の上に膝をつく。

カチンコが鳴り、送風機が止まる。照明も動きを止め、あたりはあっという間に元の場所に戻る。

「北川」

鼻を赤くした原田がカメラを指さしたが、ゆっくり首を横に振った。どうだった？と聞く必要もなかった。

「OKだ。『終わりのレイン』、今度こそクランクアップだ」

周囲から、歓声が聞こえた。何かをやり遂げたあとの清々しさと、達成感と、疲労が混ざり合った声が。

学生ではない人の声も聞こえた。

「佐緒里、佐緒里、なんか凄かったわね。お母さん達びっくりしちゃった」

佐緒里って誰だ。ああ、そうだ。原田だ。原田の両親が見にきていたのか。

周囲の音がどんどん遠くなっていく。気がついたら、地面に体を横たえていた。誰かが駆け寄ってきたけれど、片手をひらひらと振った。大丈夫、大丈夫。ちょっと疲れた。そんなことを口走った。自分の声じゃないみたいだった。

空を見た。冬の空。東京でも、安原の故郷でもない場所の空。背の高い木々に囲まれて見上げる星空は、飛びきり綺麗というわけではなかった。東京とそんなに変わらないな、と笑いたかった。でも、もう限界だった。

『終わりのレイン』の断片を、僕は安原のために撮った。他の誰でもなく、安原槙人に捧げるために撮った。この経験が自分に何を与えるのか、今の僕にはわからない。考えるだけの思考力も、感じるだけの心の余裕もない。

ただ、一つだけわかることがある。

安原の目は、鼻は、口は、手は、足は、心臓は、映画を撮るためにある。あいつの体の細胞一つ一つは、映画を撮るために神様がこしらえた。

僕の体は、そうではない。

でも。

たとえそうでも、撮り続けるしかない。才能を持ち合わせていなかろうが、何だろうが。土砂降りの雨の中を、僕は両手両足を動かして、息を吸って、どこまでも走っていくしかない。

土のついた両手で、構わず目を覆った。安原の名前を呟いて、大きく息を吸う。

「やったぞぉ……安原ぁ」

『終わりのレイン』は、クランクアップした。僕はお前の願いを叶えられた。

僕等が一緒に行くのは、地獄じゃない。

「カンヌだ、カンヌ」

◇◇◇

羽田野は、走り続けた。小雨の降る真夏の夜の街を、故郷に向かって走った。生まれ育った街は、平野に田園が広がる、長閑《のどか》な農村地帯だった。山間の小道を、小さな原付バイクはとことこと進んで行く。羽田野は辿り着く。高齢の母が暮らす、二階建ての一軒家に。

原付を降り額の汗を拭った彼は、玄関へゆっくり歩いて行く。何度も何度も、幼い自分が、小学生の自分が、中学生、高校生の自分が、数え切れないほど開けてきた玄関の引き戸は、今の彼にとっては特別なものだった。

明け方の静かな田園地帯に、引き戸を開く音がする。立て付けの悪い、がらがらと引っかかりのある音。

羽田野は声を張り上げる。母に向かって、久々の「ただいま」を言う。

奈々を失い、母と言葉を交わしたその日から、彼は再び、絵を描く生活を取り戻した。少しずつ少しずつ、美大生の羽田野に戻っていった。

奈々のいたはずの夏が終わり、奈々のいない秋が訪れ、冬になり、春になり、羽田野は大学を卒業する。

そして再びの、夏。

真夏の太陽が照りつける日曜日。大きな池のある公園の一角に羽田野はいる。夏の日差しを浴びた木々は、暴力的なまでの緑色をしていて、羽田野を飲み込もうとする。それに抗うように、羽田野は白いキャンバスに絵を描く。

遊歩道には手作りの雑貨を売る人、自作の音楽を奏でる人、パントマイムや大道芸を披露する人。さまざまな思惑や、願いや、喜びや、野望を持った人々がいた。

絵を描く羽田野の周囲にも、人が集まっている。汗だくの羽田野が絵を仕上げると、周囲からは拍手が起こる。

「ねえ、僕のことも描いてくれる？」

一人の男の子が、羽田野に歩み寄る。自分の顔を指さして、「描いて、描いて」とせがんでくる。

「よーし、じゃあ、描いてみようか」

彼の頭を撫でて、羽田野は筆を握る。

「好きなポーズ、取っていいよ」

そう言うと、男の子は流行の変身ヒーローの決めポーズをやってみせる。

「いいね、格好いいね」

穏やかに笑い、羽田野は筆を動かしていく。筆の動き、キャンバスに置く線や色の一つ一つに、願いを込めるようにして。

自分の中の何かを、削り出すようにして。

羽田野が描いた自分の絵を見て、男の子は大喜びだった。「それはタダであげるよ」と言うと、嬉しそうに笑って、羽田野に礼を言う。「お母さんに見せてくる」と。

男の子が去ると、羽田野の周りにいた見物人も疎らになった。

そこに近づく人物の姿があった。

細い足と、華奢《きゃしゃ》なデザインのパンプス。地味だけれど涼しげな色合いのスカート。

羽田野の近くにある木で、蟬《せみ》が鳴き始める。耳が割れそうになるくらい、大きな声で。命を燃やすように、鳴く。

けたたましい蟬の声は、彼へ一歩一歩近づいてくる足音を消してしまう。

その人物は、羽田野の前で止まる。

「私のことも、描いてくれませんか？」

聞き覚えのある声に、羽田野が顔を上げる。

その人は、黒く美しい長い髪をしていた。顔は逆光で見えなかった。

でも、羽田野は笑って頷く。

「――喜んで」

＊　＊　＊

「すげえなー」

今日何度目かの台詞を、彼は実に愉快そうに口にした。同じ言葉しか出てこないのを、むしろ楽しんでいるようだった。

フランス南東部。地中海を望む都市。世界的に有名な、リゾート地。

「カンヌって、こういうところなんだな」

カンヌ国際映画祭が行われる街は、夏の日差しが強烈だが、海からは気持ちのいい風が吹く場所だった。自分が生まれた海辺の街とは別世界だ。メインストリートであるクロワゼット大通りにはヤシの木が植えられていて、踊るように風に揺れている。

思い思いの夏の休暇を過ごす人々の雰囲気に、街全体が浮かれているようだった。

羽田空港からパリへ、パリからニース・コートダジュールへ。ニースからバスで一時間弱。慣れない飛行機に加えて長旅で、正直げんなりしていた。さっさとホテルのベッドで横になりたいとさえ思っていた。

けれど、北川に強引に街に連れ出されて、わかった。自分がはしゃいでいること。心が躍っていること。

海岸は日光浴をする人、海で泳ぐ人で賑わっており、カラフルなパラソルが花でも咲くみたいに並んでいる。笑い声や歓声が、俺達の方にまで飛んできた。ヨットハーバーには、巨大なヨットや船が並ぶ。世界中から大富豪やスターが集まる街だと聞いてはいたが、こうやって自分の目で見ると圧倒される。

振り返ってみれば、高級ブティックや見るからにゴージャスなホテルが並んでいるのだ。俺達の近くを通り過ぎていく誰もが、大金持ちに見えた。自分の場違いさが際立つようだった。普段、仕事に行くときと変わらないような格好でここまで来てしまった。

俺の今の仕事は、演出助手だ。映画撮影の場でありとあらゆる雑用をこなしている。エキストラを誘導したり、簡単な演出をしたり。サード助監督の手が回らない部分をひたすらサポートする。カチンコなんて、まだ触らせてもらってない。改めて、自分は人と話をするのが苦手なのだと思い知る毎日だった。

「日本で馬《ば》車《しゃ》馬《うま》のように働いてるのが、嘘みたいな気分になってくるな」

そう言う北川も、俺と同じような仕事を日夜こなしている。今は別々の現場に入っているから北川がどんな風に仕事をしているかわからないけれど、きっと、上手くやっているのだと思う。

「確かに、カンヌ国際映画祭の会場の目の前まで来てるわけだからなあ。カチンコも持たせてもらえないなんて、嘘みたいだ」

しみじみと呟いたら、地中海の風に前髪を持ち上げられた。

「早くサード助監督に上がりたいや」

「ホントにな」

快晴の空を見上げて、北川が大きく伸びをする。ついでに盛大に欠伸をして、クロワゼット大通りの先を見つめる。

この通りの先には、パレ・デ・フェスティバル・エ・デ・コングレがある。カンヌ国際映画祭のメイン会場として使われる、巨大な会議場だ。カジノや放送スタジオ、劇場などが入っていて、建物の前の広場には映画スターの手形が並んでいるらしい。

「行ってみるか、会場。何やってるかわかんないけど。ていうか、なーんもやってないかもしれないけど」

空を仰ぎ見ながら、北川が歩き出す。一歩遅れて、俺もついていった。

「映画祭の時期だったら、楽しいんだろうな」

いや、違う。

「……自分達で撮った映画が、上映されてれば、もっと楽しいんだろうな」

「楽しいどころじゃないだろうな。多分、ずっとスキップして歩いてるよ、僕等」

「みんなはいろいろ慰めたり元気づけてくれたけど、やっぱりちょっと残念だ」

「僕もだよ。この間まで入ってた現場もしんどかったけど、『終わりのレイン』に比べたら天国だった。双海さんにも散々嫌味を言われたしな」

『終わりのレイン』は、俺が不在のまま昨年の大晦日にクランクアップを迎えた。ほぼ三日間不眠不休で働いた北川がそのまま倒れて意識を失い、四十度近い熱を出して病院へ搬送され、過労と診断されて正月を病院で過ごすことになったのは、後々大学から大目玉を食らった。

それでも年明けから水森ら編集スタッフが頑張ってくれたおかげで、無事カンヌ国際映画祭に応募することができた。再撮した分の字幕だけは手配できなくて、病み上がりの北川が翻訳したのだけれど、それでも何とか、完パケした。

俺達はムサエイを卒業し、社会人になった。映画撮影現場に下っ端として足を踏み入れた。

四月、カンヌ国際映画祭のノミネート作品が発表されたが、そこに『終わりのレイン』の名前はなかった。

そのときのことは、実はあまりよく覚えていない。北川とひたすら悔しがって、嘆いて、憤って、でも最終的には笑いながら話をした。早く助監督になって、監督になって、自分の作品を撮ろうと。その作品でカンヌ国際映画祭に殴り込もうと。

『終わりのレイン』はカンヌで上映されなかったし、俺と北川は大学を卒業したばかりの若造の一人として現場を走り回っている。ムサエイの経営難には変わりはない。

桜ヶ丘シネマは閉館し、取り壊され、新しい建物が建てられている最中だ。

映画業界の下っ端としての時間はあっという間に過ぎ去り、気がついたら大学を卒業して半年がたとうとしていた。何のきっかけでこんな話になったのだかは忘れてしまったが、ちょうど携わっていた映画が完パケを迎え、仕事が一段落して、北川とカンヌへ行こうということになった。映画祭でも撮影でも何でもない。ただの若者二人の貧乏旅行だった。

でも、不思議なもので、いつか自分が再びここに来るような気がしてくる。自分の撮った映画を、ここで世界中の人に観てもらう。そんな日が来ると。

さらに不思議なことに、そのときは北川が隣にいるような気がするのだ。

「次に来るときは、ちゃんとタキシードで正装して来たいよな。めちゃくちゃ上等なやつを、恭しく着てさ」

海沿いの通りを優雅に歩きながら、北川もそんなことを言った。それはつまり、旅行ではなく、ノミネート作品の関係者としてカンヌへ来る、ということだ。

「俺も、また来たいな」

身の程知らずだと、言われるのかもしれない。ただの新人が、一体何を言っているのかと。でも、構わない。日本に帰ったらそうかもしれないけれど、ここはカンヌだ。俺達が目指した場所だ。ここに北川と二人で来た。今まさに、カンヌ国際映画祭の会場に向かって、一歩一歩進んでいる。

そこに『終わりのレイン』はないけれど、この先、何かに迷ったとき、苦しむとき、悲しむとき、困るとき、泣くとき、怒るとき、喜ぶとき、幸せを感じるとき。さまざまな瞬間に、俺はあの映画に帰る。あの映画を撮った日々に帰る。

「ねえ、本当にこっち？　でかい建物なんて見えないけど」

「いいだろ。間違ってたら適当なところで引き返せば。別に予定なんてないんだし」

北川は、俺にないものばかりを持っている。俺が持っていないものばかりで、北川という男はできている。でも同じくらい、俺も北川にないものを抱えている。そして映画監督になりたいという夢を共有している。

ふと、思った。

俺達はこうやって、映画を撮り続ける。

こんな風に笑い合って、冗談を言って、文句をぶつけ合って。晴れの日は風が気持ちいいと言って。雨の日は、濡れるのも悪くないと言って。嵐の日は、参った参ったと、大笑いしながら。

この世界を、俺達は映画を撮りながらどこまでも行くのだ。

《謝辞》

この物語の執筆にあたり、今はなき日活芸術学院の皆様に多大なご協力をいただきました。本当にありがとうございました。

二〇一八年一月八日

額賀　澪

本書は二〇一八年二月に小社より刊行されました。

|著者|額賀 澪 1990年生まれ、茨城県出身。日本大学芸術学部文芸学科卒。2015年に『屋上のウインドノーツ』で第22回松本清張賞を、『ヒトリコ』で第16回小学館文庫小説賞を受賞しデビュー。'16年、『タスキメシ』が第62回青少年読書感想文全国コンクール高等学校部門課題図書に。その他の著書に『さよならクリームソーダ』『拝啓、本が売れません』『風に恋う』『競歩王』『沖晴くんの涙を殺して』『転職の魔王様』などがある。

完《かん》パケ!
額賀《ぬかが》 澪《みお》

2021年2月16日第1刷発行

講談社文庫
定価はカバーに
表示してあります

発行者——渡瀬昌彦
発行所——株式会社 講談社
東京都文京区音羽2-12-21 〒112-8001
電話 出版 (03) 5395-3510
販売 (03) 5395-5817
業務 (03) 5395-3615
Printed in Japan

デザイン—菊地信義
本文データ制作—講談社デジタル製作
印刷———豊国印刷株式会社
製本———株式会社国宝社

ISBN978-4-06-522002-3

講談社文庫刊行の辞

二十一世紀の到来を目睫に望みながら、われわれはいま、人類史上かつて例を見ない巨大な転換期をむかえようとしている。

世界も、日本も、激動の予兆に対する期待とおののきを内に蔵して、未知の時代に歩み入ろうとしている。このときにあたり、創業の人野間清治の「ナショナル・エデュケイター」への志を現代に甦らせようと意図して、われわれはここに古今の文芸作品はいうまでもなく、ひろく人文・社会・自然の諸科学から東西の名著を網羅する、新しい綜合文庫の発刊を決意した。

激動の転換期はまた断絶の時代である。われわれは戦後二十五年間の出版文化のありかたへの深い反省をこめて、この断絶の時代にあえて人間的な持続を求めようとする。いたずらに浮薄な商業主義のあだ花を追い求めることなく、長期にわたって良書に生命をあたえようとつとめるところにしか、今後の出版文化の真の繁栄はあり得ないと信じるからである。

同時にわれわれはこの綜合文庫の刊行を通じて、人文・社会・自然の諸科学が、結局人間の学にほかならないことを立証しようと願っている。かつて知識とは、「汝自身を知る」ことにつきていた。現代社会の瑣末な情報の氾濫のなかから、力強い知識の源泉を掘り起し、技術文明のただなかに、生きた人間の姿を復活させること。それこそわれわれの切なる希求である。

われわれは権威に盲従せず、俗流に媚びることなく、渾然一体となって日本の「草の根」をかたちづくる若く新しい世代の人々に、心をこめてこの新しい綜合文庫をおくり届けたい。それは知識の泉であるとともに感受性のふるさとであり、もっとも有機的に組織され、社会に開かれた万人のための大学をめざしている。大方の支援と協力を衷心より切望してやまない。

一九七一年七月

野間省一

講談社文庫 最新刊

藤井邦夫
罰《ばち》当《あた》り
〈大江戸閻魔帳(五)〉
夜更けの閻魔《えんま》堂《どう》に忍び込み、何かを隠す二人組。麟太郎が目にした思いも寄らぬ物とは？

佐々木裕一
四谷の弁慶
〈公家武者信平《のぶひら》ことはじめ(三)〉
いまだ百石取りの公家武者・信平の前に現れたのは、四谷に出没する刀狩の大男……!?

宮西真冬
誰かが見ている
〝子供〟に悩む4人の女性が織りなす、衝撃のサスペンス！　第52回メフィスト賞受賞作。

額賀澪
完パケ！
おまえが撮る映画、つまんないんだよ。映画監督を目指す二人を青春小説の旗手が描く！

佐藤優
戦時下の外交官
〈ナチス・ドイツの崩壊を目撃した吉野文六〉
ファシズムの欧州で戦火の混乱をくぐり抜けた、青年外交官のオーラル・ヒストリー。

穂村弘
野良猫を尊敬した日
理想の自分ではなくても、意外な自分にはなれるかも。現代を代表する歌人のエッセイ集！

加藤元浩
奇科学島の記憶
〈捕まえたもん勝ち！〉
嵐の孤島には名推理がよく似合う。元アイドルの女刑事がバカンス中に不可解殺人に挑む。

創刊50周年新装版

宮部みゆき
ステップファザー・ステップ
〈新装版〉
泥棒と双子の中学生の疑似《ぎじ》父子《おやこ》が挑む七つの事件。傑作ハートウォーミング・ミステリー。

岡嶋二人
そして扉が閉ざされた
〈新装版〉
不審死の謎について密室に閉じ込められた関係者が真相に迫る著者随一の本格推理小説。

北森鴻
花の下にて春死なむ
〈香菜里屋シリーズ1〈新装版〉〉
孤独な老人の秘められた過去とは——。バー「香菜里屋《かなりや》」が舞台の不朽の名作ミステリー。

講談社文芸文庫

庄野潤三

世をへだてて

解説＝島田潤一郎　年譜＝助川徳是

突然襲った脳内出血で、作家は生死をさまよう。病を経て知る生きるよろこびを明るくユーモラスに描く、著者の転換期を示す闘病記。生誕１００年記念刊行。

しA16

978-4-06-522320-8

庄野潤三

庭の山の木

解説＝中島京子　年譜＝助川徳是

家庭でのできごと、世相への思い、愛する文学作品、敬慕する作家たち——著者のやわらかな視点、ゆるぎない文学観が浮かび上がる、充実期に書かれた随筆集。

しA15

978-4-06-518659-6

講談社文庫　目録

芥川龍之介　藪の中
有吉佐和子　新装版 和宮様御留
阿刀田　高　ナポレオン狂
阿刀田　高　新装版 ブラック・ジョーク大全
相沢忠洋　「岩宿」の発見〈幻の旧石器を求めて〉
鮎川哲也　りら荘事件
赤川次郎　偶像崇拝殺人事件
赤川次郎　人間消失殺人事件
赤川次郎　三姉妹探偵団
赤川次郎　三姉妹探偵団2〈キャンパス篇〉
赤川次郎　三姉妹探偵団3〈珠美・初恋篇〉
赤川次郎　三姉妹探偵団4〈怪奇篇〉
赤川次郎　三姉妹探偵団5〈復讐篇〉
赤川次郎　三姉妹探偵団6〈危機一髪篇〉
赤川次郎　三姉妹探偵団7〈駈け落ち篇〉
赤川次郎　三姉妹探偵団8〈人質篇〉
赤川次郎　三姉妹探偵団9〈青ひげ篇〉
赤川次郎　三姉妹探偵団10〈父恋し篇〉
赤川次郎　死が小径をやってくる〈三姉妹探偵団11〉

赤川次郎　死神のお気に入り〈三姉妹探偵団12〉
赤川次郎　次女と野獣〈三姉妹探偵団13〉
赤川次郎　心地よい悪夢〈三姉妹探偵団14〉
赤川次郎　ふるえて眠れ、三姉妹〈三姉妹探偵団15〉
赤川次郎　三姉妹、呪いの道行〈三姉妹探偵団16〉
赤川次郎　三姉妹、初めてのおつかい〈三姉妹探偵団17〉
赤川次郎　恋の花咲く三姉妹〈三姉妹探偵団18〉
赤川次郎　月もおぼろに三姉妹〈三姉妹探偵団19〉
赤川次郎　三姉妹、ふしぎな旅日記〈三姉妹探偵団20〉
赤川次郎　三姉妹、清く貧しく美しく〈三姉妹探偵団21〉
赤川次郎　三姉妹と忘れじの面影〈三姉妹探偵団22〉
赤川次郎　三姉妹、舞踏会への招待〈三姉妹探偵団23〉
赤川次郎　三人姉妹殺人事件〈三姉妹探偵団24〉
赤川次郎　三姉妹、さびしい入江の歌〈三姉妹探偵団25〉
赤川次郎　静かな町の夕暮に
赤川次郎　キネマの天使〈レンズの奥の殺人者〉
泡坂妻夫　花火と銃声
新井素子　グリーン・レクイエム
安能務 訳　封神演義 全三冊

安西水丸　東京美女散歩
綾辻行人　緋色の囁き
綾辻行人　暗闇の囁き
綾辻行人　黄昏の囁き
綾辻行人　殺人方程式〈切断された死体の問題〉
綾辻行人　鳴風荘事件 殺人方程式Ⅱ
綾辻行人　十角館の殺人〈新装改訂版〉
綾辻行人　水車館の殺人〈新装改訂版〉
綾辻行人　迷路館の殺人〈新装改訂版〉
綾辻行人　人形館の殺人〈新装改訂版〉
綾辻行人　時計館の殺人〈新装改訂版〉
綾辻行人　黒猫館の殺人〈新装改訂版〉
綾辻行人　暗黒館の殺人 全四冊
綾辻行人　びっくり館の殺人
綾辻行人　奇面館の殺人(上)(下)
綾辻行人　どんどん橋、落ちた〈新装改訂版〉
綾辻行人　緋色の囁き〈新装改訂版〉
綾辻行人ほか　7人の名探偵
我孫子武丸　探偵映画

あさのあつこ　NO.6〔ナンバーシックス〕#9
あさのあつこ　NO.6 beyond〔ナンバーシックス・ビヨンド〕
あさのあつこ　待　っ　て　る〈橘屋草子〉
あさのあつこ　さいとう市立さいとう高校野球部(上)(下)
あさのあつこ　甲子園でエースしちゃいました〈さいとう市立さいとう高校野球部〉
あさのあつこ　おれが先輩？〈さいとう市立さいとう高校野球部〉
阿部夏丸　泣けない魚たち
朝倉かすみ　肝、焼ける
朝倉かすみ　好かれようとしない
朝倉かすみ　ともしびマーケット
朝倉かすみ　感応連鎖
朝倉かすみ　たそがれどきに見つけたもの
朝比奈あすか　憂鬱なハスビーン
朝比奈あすか　あの子が欲しい
天野作市　気高き昼寝
天野作市　みんなの旅行
青柳碧人　浜村渚の計算ノート
青柳碧人　浜村渚の計算ノート　2さつめ〈ふしぎの国の期末テスト〉
青柳碧人　浜村渚の計算ノート　3さつめ〈水色コンパスと恋する幾何学〉
青柳碧人　浜村渚の計算ノート　3と1/2さつめ〈ふえるま島の最終定理〉
青柳碧人　浜村渚の計算ノート　4さつめ〈方程式は歌声に乗って〉
青柳碧人　浜村渚の計算ノート　5さつめ〈鳴くよウグイス、平面上〉
青柳碧人　浜村渚の計算ノート　6さつめ〈パピルスよ、永遠に〉
青柳碧人　浜村渚の計算ノート　7さつめ〈悪魔とポタージュスープ〉
青柳碧人　浜村渚の計算ノート　8さつめ〈虚数じかけの夏みかん〉
青柳碧人　浜村渚の計算ノート　8と2分の1さつめ〈つるかめ家の一族〉
青柳碧人　浜村渚の計算ノート　9さつめ〈恋人たちの必勝法《マーチンゲール》〉
青柳碧人　霊視刑事夕《ゆう》雨子1〈誰かがそこにいる〉
朝井まかて　花《はな》競《くら》べ〈向嶋なずな屋繁盛記〉
朝井まかて　ちゃんちゃら
朝井まかて　すかたん
朝井まかて　ぬけまいる
朝井まかて　恋歌
朝井まかて　阿《お》蘭《らん》陀《だ》西《さい》鶴《かく》
朝井まかて　藪《やぶ》医《い》ふらここ堂
朝井まかて　福袋
歩《あゆみ》りえこ　ブラを捨て旅に出よう〈貧乏乙女の“世界一周”旅行記〉
安藤祐介　営業零《ぜろ》課《か》接待班
安藤祐介　被取締役《とりしまられやく》新入社員
安藤祐介　おい！山田〈大翔製菓広報宣伝部〉
安藤祐介　宝くじが当たったら
安藤祐介　一〇〇〇ヘクトパスカル
安藤祐介　テノヒラ幕府株式会社
青木理　絞首刑
麻見和史　石の繭〈警視庁殺人分析班〉
麻見和史　蟻《あり》の階段〈警視庁殺人分析班〉
麻見和史　水晶の鼓動〈警視庁殺人分析班〉
麻見和史　虚空の糸〈警視庁殺人分析班〉
麻見和史　聖者の凶数〈警視庁殺人分析班〉
麻見和史　女神の骨格〈警視庁殺人分析班〉
麻見和史　蝶の力学〈警視庁殺人分析班〉
麻見和史　雨色の仔羊〈警視庁殺人分析班〉
麻見和史　奈落の偶像〈警視庁殺人分析班〉
麻見和史　鷹《たか》の砦《とりで》〈警視庁殺人分析班〉
麻見和史　凪《なぎ》の残響〈警視庁殺人分析班〉
麻見和史　深紅の断片〈警防課救命チーム〉
有川浩　三匹のおっさん

五木寛之　海外版 百寺巡礼 朝鮮半島
五木寛之　海外版 百寺巡礼 中　国
五木寛之　海外版 百寺巡礼 ブータン
五木寛之　海外版 百寺巡礼 日本・アメリカ
五木寛之　青春の門 第七部 挑戦篇
五木寛之　青春の門 第八部 風雲篇
五木寛之　親鸞 青春篇(上)(下)
五木寛之　親鸞 激動篇(上)(下)
五木寛之　親鸞 完結篇(上)(下)
五木寛之　五木寛之の金沢さんぽ
井上ひさし　モッキンポット師の後始末
井上ひさし　ナ　イ　ン
井上ひさし　四千万歩の男 全五冊
井上ひさし　四千万歩の男 忠敬の生き方
井上ひさし 司馬遼太郎　新装版 国家・宗教・日本人
池波正太郎　私 の 歳 月
池波正太郎　よい匂いのする一夜
池波正太郎　梅安料理ごよみ
池波正太郎　わが家の夕めし

池波正太郎　新装版 緑のオリンピア
池波正太郎　新装版 殺しの四人〈仕掛人・藤枝梅安(一)〉
池波正太郎　新装版 梅安蟻地獄〈仕掛人・藤枝梅安(二)〉
池波正太郎　新装版 梅安最合傘〈仕掛人・藤枝梅安(三)〉
池波正太郎　新装版 梅安針供養〈仕掛人・藤枝梅安(四)〉
池波正太郎　新装版 梅安乱れ雲〈仕掛人・藤枝梅安(五)〉
池波正太郎　新装版 梅安影法師〈仕掛人・藤枝梅安(六)〉
池波正太郎　新装版 梅安冬時雨〈仕掛人・藤枝梅安(七)〉
池波正太郎　新装版 忍びの女(上)(下)
池波正太郎　新装版 殺 し の 掟
池波正太郎　新装版 抜討ち半九郎
池波正太郎　新装版 娼 婦 の 眼
池波正太郎　近藤勇白書(上)(下)〈レジェンド歴史時代小説〉
井上　靖　楊 貴 妃 伝
石牟礼道子　新装版 苦《く》海《がい》浄《じょう》土《ど》〈わが水俣病〉
いわさきちひろ　ちひろのことば
いわさきちひろ 松本　猛　いわさきちひろの絵と心
いわさきちひろ 絵本美術館編　ちひろ・子どもの情景〈文庫ギャラリー〉
いわさきちひろ 絵本美術館編　ちひろ・紫のメッセージ〈文庫ギャラリー〉

いわさきちひろ 絵本美術館編　ちひろの花ことば〈文庫ギャラリー〉
いわさきちひろ 絵本美術館編　ちひろのアンデルセン〈文庫ギャラリー〉
いわさきちひろ 絵本美術館編　ちひろ・平和への願い〈文庫ギャラリー〉
石野径一郎　新装版 ひめゆりの塔
今西錦司　生 物 の 世 界
井沢元彦　義 経 幻 殺 録
井沢元彦　光と影の武蔵〈切支丹秘録〉
井沢元彦　新装版 猿丸幻視行
伊集院　静　乳　　房
伊集院　静　遠 い 昨 日
伊集院　静　夢 は 枯 野 を〈競輪躁鬱旅行〉
伊集院　静　野球で学んだこと ヒデキ君に教わったこと
伊集院　静　峠 の 声
伊集院　静　白　　秋
伊集院　静　潮　　流
伊集院　静　機 関 車 先 生
伊集院　静　冬 の 蜻《とん》蛉《ぼ》
伊集院　静　オ ル ゴ ー ル
伊集院　静　昨日スケッチ

講談社文庫　目録

2020年12月15日現在